Daniel F. Huddersfield

Völlig uninteressant

edition
nove

Printed in European Union
ISBN 978-3-85251-101-6

Gedruckt auf umweltfreundlichem, chlor- und säurefrei gebleichtem Papier

www.editionnove.de

Völlig uninteressant ...

Bridgewater

Honeymoon

Philosophische Betrachtung
glücklicher Lebenskünstler

Ein freier Unternehmer

Sehr verschmitzt, kein bißchen schuldbewußt, wandern Graffity-Joe´s Augen an dunklen Fassaden entlang. In keinem der unzähligen Fenster leuchtet zu Nacht schlafener Zeit auch nur ein einziges Licht auf. Erfahrungsgemäß reißt das Gescheppere die halbe Stadt aus dem Schlaf.

Was ist heute nur los? Wie soll das was werden mit dem Geschäft? Es ist bereits halb sechs Uhr morgens.

Nochmals rutscht ihm der blecherne Deckel des bunten Müllcontainers wie zufällig aus der Hand. Wieder scheppert es Ohren betäubend.

Auf den ersten Blick erscheint sein Alter unbestimmbar. Das was da recht schelmenhaft aus den Augenwinkeln blitzt, ist nicht nur die Erfahrung zweiundfünfzig abwechslungsreicher Lebensjahre auf dieser Erde. Vielmehr die verbliebene Kindheit des Hannes Reutinger. Sein sorgsam gehegtes und gepflegtes Inneres Kind. Das, so wie gerade eben, nichts hehreres im Schilde führt, als sich auf die *wichtigen Dinge des Lebens* zu konzentrieren.

Wann und wo er seinen Kosenamen mitgenommen hat er kann sich nicht mehr erin-

nern. Für Hannes Reutinger jedoch ist Graffity-Joe der Inbegriff für wahre Freiheit und unabhängige Lebensfreude geworden.
Graffity-Joe sah sie kommen.
Er sah sie gehen.
All die Menschen, die sich für von Gott begnadete Maler hielten.
Schriftsteller mit der festen Überzeugung nach längst überfälliger Nominierung auf den Oscar. Sänger, die ihrer Ansicht längst zwei oder mehr Grammys verdient hätten und ... eigentlich nur Lebenskünstler waren.
So wie er eben.
Unbesorgt und selbstzufrieden schlendert, der für so manchen Geschmack etwas zu *bunt* gekleidete Mann mittleren Alters, auf den beleuchteten Eingang des *ParadiseBird Inn* zu.
Bunt bezieht sich bei Joe viel eher auf eine besonderes krasse Vielfalt unpassend übereinander geschichteter Kleidungsstücke, als die Zusammenstellung der Farben. Jener Kategorie Mensch angehörend, die *immer etwas* zu melden weiß. Stets im unpassendsten Augenblick irgendwo einen, bis dahin keine Menschenseele störenden, Fehler aufdeckt. Einem bereits erlöschenden Skandälchen zur lodernden Flamme verhilft.

Im Hotel sagen *die* etwas anders zu seiner

manchmal unwirsch klingenden, sehr oft von harter Kritik erfüllten Sprache. *Sie* nennen ihn den ewigen Nörgler. Vergleichen ihn mit Walter Matthau in seinen Paraderollen ... als *ewigen Grantler*.
Hinter vorgehaltener Hand versteht sich. Kennen Graffity Joe ebenso wenig wie seine Lebensart. Hat er sie doch längst durchschaut.
Spielt seine *Rolle* dennoch weiter.
Sogar umso lieber.

Heute ist es wieder einmal so weit !
Die *wichtigen Dinge des Lebens* am richtigen Ort der Welt zum passenden Zeitpunkt den dafür bestimmten Menschen vorzutragen.
Graffity Joe hat sich nämlich vor genommen, den Manager des *ParadiseBird Inn* auf ein wiederholt vor gebrachtes Anliegen aufmerksam zu machen. Weil einfach nicht sein darf, was anders herum richtiger ist. Der Name des Hotels gibt Joe gemeinsam mit dem Personal des *ParadiseBird Inn* des öfteren Anlaß zu Stunden langen Diskussionen.
Als *waschechter Lebenskünstler mit philosophischem Basiswissen* ist er davon überzeugt, es müsse richtig *Bird of Paradise Inn* heißen. Keinesfalls anders. Dem Personal hingegen scheint es einerlei zu sein, was für ein Name nächtens über der Eingangstür des

Hotels leuchtet. Was einen *Philosophen* wie Joe besonders ärgert. Zu erwähnten langatmigen Gesprächen führt. Der Manager seinerseits beruft sich auf eine bekannte Englisch / Deutsche Übersetzungslektüre und überhaupt :

... Sei dieser wohlklingende, auf vorzüglichsten Komfort hinweisende Name einzig und allein seiner großartiger Phantasie und selbstredend seiner unvergleichlichen Weltmännischkeit entsprungen.

Außerdem erscheint Graffity Joe, wäre es wieder einmal von großer Dringlichkeit, sich mit dieser, durch nichts zu überbietenden, vor allem *unvergleichlichen Weltmännischkeit von Geschäftsleitung,* eingehend darüber zu unterhalten, wie es denn um den gesunden Schlaf der Gäste wohl bestellt sein möge. So mancher Menschen wird bekanntermaßen brutal aus seinem Traum gerissen, wenn plötzlich jemand, *so wie Graffity Joe des öfteren,* in den Morgenstunden *absichtlich ungeschickt* mit Blechcontainern hantiert. Das mit einer Ausdauer, die bereits einem liebevoll gehegten Hobby gleich kommt.

Doch gibt es Gottseidank wiederum Zeitgenossen, *so wie Graffity Joe des öfteren,* welche akribisch darüber wachen, damit die Nachtruhe eingehalten wird. Deshalb

zeigt sich der Hotelmanager seit einigen Monaten von Joe´s *Wachdiensten* äußerst begeistert.
Honoriert dies von Zeit zu Zeit neben klingender Münze gelegentlich mit so manch ansehnlichem Geldschein.

Heute, so findet der Nächtens patrouillierende Lebenskünstler, selbst zählt er sich zu den *freien Unternehmern,* wäre es wohl wieder einmal so weit, dieser *weltmännischen* Hotelführung nahe zulegen, wie enorm doch die Kosten für die Lebenshaltung allein in den vergangenen sieben Tagen anstiegen.
„Es kommt Geld ins Haus." freut sich Graffity-Joe händereibend.
So, in produktive Gedanken versunken, mit Don Quixote´s Mut und Sancho Pansas Ausdauer als hilfreichende Rückendeckung, erreicht Joe die gläserne Doppelflügeltüre des Hotels. Gedämpftes Licht begrüßt die Dämmerung, als willkommenen Vorboten des neuen Tages, als der Lebenskünstler von einer Sekunde zur anderen nichts mehr sehen kann.
Nur fühlen.
Fühlen, wie zum einen *etwas haariges* in sein Gesicht klatscht.
Zum anderen *etwas eklig warmes* und *nas-*

ses, gemächlich in seinen Hemdkragen rinnt. Um schlußendlich unter seinen drei übereinander angezogenen Shirts zu *versickern.*

Die Weisheit des Winters

„ Wünsche einen recht guten Morgen, die Dame."
Würde nicht gerade die Sonne über den Dächern der Großstadt aufgehen, einige ihrer Strahlen in die Rezeption des *ParadiseBird Inn schicken,* man könnte glauben, sie schiene bereits seit etlichen Stunden in der Person der Empfangsdame Miriam.
Immer freundlich, immer fröhlich. So kennt *man* die junge Dame seit ihrem Dienstantritt vor drei Jahren. Ein jeder Mensch im Hotel von ihrer offenen, entgegenkommenden Art begeistert. Beim Personal geschätzt, bei den Gästen beliebt.
„ Das Frühstück wie gewohnt an Tisch drei. Kühler Fensterplatz. Freier Blick zum Hauptbahnhof. Die Morgenzeitung ist noch warm direkt aus der Presse an Ihren Tisch."
Die alte Dame lächelt das Mädchen an. Freundlich. Etwas von Schmerzen verzerrt. Trägt ihr Haar auch bereits die Farbe des Winters, der Frühling begrüßt jeden Tag ihre Seele aufs Neue. Das gibt sie in Form strahlenden Lächelns – die Zahnpastaindustrie hätte bei diesem Makel losen Anblick sofort eine Krisensitzung einberufen – und herzlicher Freundlichkeit an ihre Umwelt weiter.

„ Ach ich beneide Sie, mein Mädchen. So jung so gesund. Vor allem so liebevoll. Ich sage Ihnen, Siieee bringen es noch weit in Ihrem Leben."
Die alte Dame streichelt über Miriams Hand. Blickt sie aus müden Augen an.
Die andrerseits eine gewisse Verschmitztheit diesen unbestimmbaren Grad an Weisheit unverhohlen ausstrahlen.
„ Hat sich Ihr junger Kavalier wieder einmal gemolden?"
Die junge Dame an der Rezeption lächelt erst in ihrer einnehmenden Art. Für einen kurzen Augenblick verdunkeln sich ihre ansonsten die Welt erhellenden Gesichtszüge.
„ Woher wissen Sie ...?"
„ Sorgen Sie sich nicht, Mädchen. Denn er kommt auf Sie zu. Behalten Sie meine Worte täglich in Ihrer Erinnerung, Miriam. Er Kommt auf Sie zu." weicht die alte Dame geschickt der Frage aus. Lächelt stattdessen geheimnisvoll. Bewegt sich, bei jedem zweiten Schritt mit ihrem weißen Spazierstock Halt suchend, dem kleinen runden Tisch mit dem reichlich angerichteten Frühstück zu. Setzt sich mühevoll. Beobachtet Miriam von ihrem Platz aus. Einen Augenblick später nimmt sie die sorgsam gefaltete Tageszeitung vom Tisch auf.
Versinkt in der Welt der Politik, des Sportes,

dem Rest der Zeitung den Regenbogenberichten.

An der Rezeption hingegen blickt jemand sehr fragend dorthin, wo soeben ein äußerst verschmitzter Blick hinter einer großformatigen Zeitung hervor, genau in Miriams Augen schaut.

Tutti colori

„ Ihnen ist sicherlich bekannt – wir sind ein renommiertes Haus. Wunderbar im Zentrum dieser malerischen Stadt gelegen. Zu unserem, von handwerklich meisterhafter Hand ansässiger Steinmetze renovierten Bahnhof sind es gerade mal wenige Gehminuten. Zum ausgedehnten, nach Freiheit, nach zwangloser Erholung duftenden Gebiet rund um den zum träumen, Verliebtsein einladenden romantischen See ein Katzensprung, mit der zur Verfügung stehenden Infrastruktur, was U-Bahn, S-Bahn, Tram, Busse und Taxis etc. etc. betrifft."

„ Klar doch, aber...."

„ Gut! Dann Bastian, frage ich Sie, warum ersuchen Sie mich, Ihnen vorzeitig einen nicht unerheblichen Anteil Ihres Lohnes auszubezahlen. Nur damit Sie sich, vermutlich vor schweißtreibender Erotik schmachtend, Ihrem Rendezvous hingeben und hemmungslos der niveaulosen Wollust frönen können."

„ Ich will ja gar nicht ...."

Der Manager des Hotels verläßt mit seinem Begleiter das Büro. Will soeben den vom Etagenboy gebrachten Lift betreten, da wird er von dem Mann in schneeweißer Uniform, die ihn als den Chefkoch des Hauses, *des renommierten, wunderbar im Zentrum dieser malerischen Stadt gelegenen* ... etc. etc. ... auszeichnet sowie von einem anderen Mann, dessen Kleidung gelegentlichen Umgang in unsaubereren Gefilden vermuten läßt, beinahe überrannt.

„ Moment ... Monsieur le Directeur d`Hotel ... Moment, sil vous plaiz, ... stop." hechelt der kleine, an eines der unzähligen Eichenfässer im Weinkeller erinnernde, rundliche Chefkoch, den Mann undefinierbarer Herkunft mit eisernem Griff festhaltend.

„ Kommen Sie erst ein Mal zu Atem, Maitre. Langsam und Tiiieeef Luft holen. Die brauchen Sie hörbar dringender als so manches Ihrer Parfaits. Wie es manchmal den Anschein hat." versucht der Hotelmanager einen Scherz. Wofür er einen bitterbösen Blick von seinem Koch sowie ein süffisantes Grinsen von dessen *Gefangenem* erntet. Indessen versucht Bastian Hände ringend wieder zu Wort zu kommen. Was ihm mißlingt. Der Meister für *exklusiven Geschmack* kommt ihm zuvor.

„ Von mirch ausch nuur ein einssiges maöiner in h´aller Welt bökannten auf der Ssunge särgehönden Parfäs oder jedön Gaumön göttlisch umspielenden Oecklärs werchden Sie in gursser Sait gaines mehr bökommen. Isch bin ´ier eer gekommen summ verwöhnen die sensiiblön Mägön der´h Gäästö, welsche meine Fähischgeiten sum schätzen wissen werchden h´und nischt ....“

Der Hotelmanager tätschelt seinem kleinen Koch, dessen Gesichtsfarbe das Aussehen einer überreifen Tomate annimmt, auf die Schulter. Versucht ihn zu besänftigen.

„ War ja nicht böse gemeint. Wir alle wissen um die gustiösen Besonderheiten, welche Sie mit nicht nur mir sehr viel Geschick sondern noch mehr mit Wissen und wahrhaft weltmännischer Erfahrung den manchmal zugegebenermaßen – anstrengenden und Großteils kulinarisch unerfahrenen, von Ihnen bisher noch nicht verwöhnten Gästen unseres renommierten Hauses zu servieren im Stande sind.“

Da steht er, der kleine Koch aus dem Elsaß. Schütterem Haar, rundlicher Figur. Blickt erst noch verärgert, dann verwundert, dann verschämt lächelnd hoch zu seinem Vorgesetzten.

Ein berechnender Sprung zur Seite rettet den Hotelmanager vor dem allzu leidenschaftlichen Angriff des Herrn über besondere Kompositionen aus süßem Obst.

Zart gesottenem Gemüse. Lecker duftenden Teigwaren. Fleisch in allen Variationen.

Diversen Gewürzen aus aller Welt. Selbst eingekauft versteht sich. Im schweren Handgepäck nebst Messern sowie einem Dutzend schneeweißer Uniformen immer griffbereit. Der Koch landet ziemlich unsanft auf dem gefliesten Boden.
Der Manager reicht ihm versöhnlich die Hand, zieht ihn hoch.
„ Perdonne moi, Monsieur le Directeur, isch war wohl etwas ssu stürmisch, qui? Isst naturelement mh´ain Fehlör. “
„ Wohl etwas ssu ... äh zu, Marcel ... zu stürmisch. Gelinde ausgedrückt. “
Marcel reinigt seine bisher blendend weiße Kleidung, blickt verlegen um sich.
„ So, nachdem sich alles wieder beruhigt hat, kommen wir zum für Sie augenscheinlich wichtigsten Punkt dieser delikaten Angelegenheit. Aaaaaaaber bitte – einer nach dem anderen.“ Schlägt der Manager des Hotels mit erhobenem Finger vor. Erst herrscht peinliche Stille. Man hätte zwei Ameisen beim Armdrücken hören können. Wie auf ein geheimes Kommando bringen alle Anwesenden gleichzeitig ihre Anliegen vor.

Zwei Stockwerke unter den angeregt diskutierenden Personen sitzen zwei undefinierbare Gestalten in einem der unzähligen Zimmer

des *ParadiseBird Inn*. Starren ihre Schuhe an.
„ Auf die Sekunde um 22 Uhr geht der Manager ein letztes Mal durchs ganze Haus. Dabei nimmt er besonders die Wc´s, die Lifte, den Keller und das zweite Untergeschoß in Augenschein."
„ WC, Lifte, Keller versteh ich ja noch. Nur, so frage ich mich genauso neugierig wie dich was sucht der denn *ganz da unten*? Im 2. UG, Mike?"

Der Angesprochene wiegt seinen Kopf hin und her. Blickt seinem Gegenüber direkt in die Augen. Holt langsam und tief Luft.
„*Ganz da unten*, Paul, da lagert er neben wunderbaren Getränken unzählige Tonnen Lebensmittel. Und ... jetzt hör mir genau zu, ... da lagert er genau das, wonach wir suchen."
Paul sieht Mike verwundert an.
„ Eine Insel in der Karibik? Hat der Kerl da unten ein Insel mit den vielen hübschen Mädchen die den Herrgott Mensch in Frankreich sein lassen und den lieben langen Tag Hoola tanzen? Mensch, Mike, du ahnst es nicht ! Welch wunderbares Bild grad vor meinen Augen vorüber gleiten tut."
Und Paul blickt verzückt von einer Seite des Zimmers zur andern. Grade so, als würde er

tatsächlich einer Vision hinterher blicken. Mike entläßt geräuschvoll Luft. Packt Paul ziemlich unsanft an den Schultern. Schüttelt ihn heftig, läßt jedoch sogleich wieder von ihm ab.

Beide sitzen sie, mit schwarzen Baumwollmützen auf dem Kopf, dicke Lederjacke und Jeans bekleidet, jeder auf einem Bett, sich genau gegenüber.

„ Blödmann, wir suchen Rauchwaren und Spirituosen."

Paul lächelt seinen Kumpel erfreut an.

„ Du kannst dich aber ausgezeichnet gewählt ausdrücken. Also ich mit meiner Bescheidenheit wäre schon mit Zigaretten und .... " Die hagere Gestalt fährt sich mit der Zunge über die Lippen. Verzückt fügt Paul hinzu :" ... Schnaps zufrieden gewesen. `N bißchen vom leckeren goldenen Whiskey dürfte auch dabei gewesen sein."

Mike schlägt sich mit der flachen Hand auf die Stirn.

Drei Stockwerke höher schlägt Karl Anton Eppeler auch. Sehr verzweifelt dazu. Mit seinem ledernen Markenpantoffel bearbeitet er die bunt tapezierte Wand.

„ Es gibt Menschen, die lieben zwar Tiere. Zu dieser Zeit wollen selbst sie ein wenig schlafen ... wenn sie endlich mal Zeit für einen

Urlaub haben." Brüllt er die Wand an, von deren Rückseite pausenlos anhaltendes Gebell eines Hundes zu hören ist. Und der Herr Eppeler hämmert weiterhin leidenschaftlich mit seinem edlen Teil, dem Pantoffel italienischer Herkunft gegen die Wand. Das aufdringliche, energische Klopfen an seiner Zimmertüre hätte er beinahe überhört. Mittlerweile ist der Lärm den er selbst erzeugt nämlich lauter, als der Hund im Nebenzimmer zu bellen imstande ist.
Schwungvoll, etwas umständlich, öffnet er mit der recht Hand die Türe. In der ausgestreckten linken hält er seinen Pantoffel zum Angriff bereit.
Eine Frau mittleren Alters, tausende Lockenwickler in die Haare gedreht, einem

Bademantel, der ihre Figur mehr beleidigt als bedeckt, Pantoffeln die weder in Farbe noch Stil zu ihr passen, steht breitbeinig da, ihre Arme in die Hüften gestützt.
„ Und im übrigen gibt es Menschen, die, wenn Sie schon mal einen Urlaub leisten und weg fahren, auch ihrem Tier seine Freiheit gönnen, *weil* sie es lieben! Im Speziellen hat es sichunsere Prinzessin redlich verdient, über die Stränge zu schlagen. Schließlich arbeitet sie das ganze Jahr über wirklich hart."

Ehe der Herr Eppeler zu Wort kommen kann, schließt die Frau genauso energisch wie geräuschvoll die Zimmertüre des verdatterten Herrn. Die linke Hand senkt sich langsam. Der Pantoffel fällt zu Boden.
Dann herrscht Stille.
Der Herr Eppeler legt sich auf seinem Bett lang.
Lauscht angestrengt. Nimmt ein Tuch vom Nachtkästchen, legt es sich über die Augen. Lächelt selbstzufrieden. Atmet dreimal tief ein, ehe er angenehme Medidationsmusik einschaltet. Bereits nach den ersten Takten von Vivaldis *Zehnter Jahreszeit* beginnt der Hund von neuem lautstark zu bellen.

Madame de Mob

Fränzchen rinnt der Schweiß heiß in die Augen. Ist *heute morgen* etwas später als gewohnt zur Arbeit erschienen. Hat verschlafen.
„Daran trägt nur der Kalle alleine Schuld. Der mit seinem vergärten Most. Puuh, wenn ich nur daran denke, wird mir schlecht." murmelt Fränzchen, erzeugt ein schmatzendes Geräusch, blickt sehnsüchtig zum Wasserspender neben sich. Der Bodenwischer arbeitet verdächtig langsam. Allem Anschein nach ohne jegliche Hilfe, weil Fränzchen sich *heute morgen* außer Stande sieht, die Arbeit in der von ihr *bekannten Qualität zu liefern*.
„Aber verdammt noch Mal, das Zeug schmeckt ausgesprochen lecker."
Ein blaues Band formt ihr dichtes lockiges Haar zu einem dicken roten Dutt, der dem Gerät, das sie zur Reinigung des Bodens benutzt, zum verwechseln ähnlich sieht. Für eine gestylte Frisur war in der Früh einfach zu wenig Zeit. Eine Stunde Schlaf genügte der Mittvierzigerin. Da ohnehin Freitag und somit morgen ihr freier Tag ist, da durfte sie *auch einmal* über die *Stränge hauen*.
Wer trinken kann, kann danach auch arbei-

ten.
So das Motto von Fränzchen. Und doch – heute will die Arbeit nicht so richtig von der Hand gehen. Reinigen diverser Gästezimmer, WC Anlagen in jedem Geschoß, sowie der Flure stellt für sie als Profi ansonsten die reine Routine dar. Dennoch, oder gerade deswegen, hört Fränzchen gerne noch so manch ehrlich gemeintes Lob. Das wiederum läßt sogar *sie* noch dahin schmelzen.
Noch vier Zimmer, zwei Büros, eine WC Anlage.
Dann ist erst Mal Schluß. Bis zum Abenddienst.
Allerdings sieht sich Fränzchen bereits mit zwei Stunden im Verzug.
Irgendwo in diesem geräumigen Haus, um einige Ecken herum, hört die Expertin für Reinigungslogistik *den Eichner*. Seines Zeichens der Manager (*der weltmännische*) des Hotels, in angeregter Unterhaltung. Sie glaubt heraus zuhören, auch Marcel der Koch würde bei dieser Diskussion kräftig mitmischen.
Was haben die denn um diese Zeit schon Wichtiges zu besprechen. Hagelt bestimmt Beschwerden von den Gästen! Sei's drum, mich betriffts nicht, also geht's mich ebenso wenig was an.
Die Reinigungsfrau stellt resigniert fest, es

wäre längst an der Zeit, das schmutzige Wasser in ihrem rechteckigen blauen Kübel gegen saubereres wechseln.

Da die Lifttüre günstigerweise offen steht, nix wie rein. Runter zum Lieferanteneingang.
Sichtlich genervt fuchtelt Fränzchen mit ihrer freien Hand in der Luft herum. Der Bewegungsmelder öffnet die doppelflügeligen Türen aus dunkelgrauem Blech. Schwungvoll nimmt sie den schweren Kübel, schüttet den Inhalt, ihrer Ansicht recht elegant, ins dämmrige Freie. Schlechten Gewissens riskiert Fränzchen einen Blick nach draußen. Zu ihrem Glück befand sich scheinbar niemand in *Schußrichtung*.
Sichtlich erleichtert atmet sie auf. Mit einem Fuß hält sie die Türe in dauernder auf und zu Bewegung und so davon ab, sich endgültig zu schließen. Kräftige Schläge gegen das Gitter des Anlieferungslagers sollen wohl den Mob dazu bringen, sauber zu werden. Erschrocken vernimmt sie in ihrem Eifer plötzlich ein klatschendes Geräusch.
Ihr Reinigungsgerät scheint auf ein nicht mit eingeplantes Hindernis gestoßen zu sein.
Vorsichtig lugt Fränzchen abermals nach draußen. Stellt verdutzt fest, da sitzt eine Gestalt zwischen Restmüllcontainer und Lieferanteneingang am Boden.

Mit ihrer Flurreinigungslogistik im Gesicht.

Prince Charles of Summerfield

Sichtlich genervt blickt Jeffrey Summerfield von seinem reichlich gefüllten Teller am Mittagstisch auf. Beobachtet unauffällig längere Zeit über bereits die in pastellblau gekleidete Dame. Sie trägt einen überdimensionalen rosafarbenen Sommerhut. Seinem Geschmacksempfinden eine abträglich unmögliche Kopfbedeckung. Sitzt einige Tische von ihm entfernt. Doch das ist es nicht, das seine Aufmerksamkeit in den vergangenen Minuten erregt hatte. Etwas völlig anderes widerstrebt ihm an dies er Dame. Sie unterhält sich. Angeregt. Mit ihrem ... Hund.
Nicht das Lätzchen, das dem kleinen Hund um seinen Hals hängt, ist es das des Herrn Summerfields Unmut erregt. Dabei jedesmal seine schweißnasse Stirn zitternden Fingern und diesmal mit der bereits benutzten Serviette abwischen läßt. Genauso wenig der prall gefüllte Teller ist es, nein.
Was den Diplomaten wirklich stört, ist, dass der Yorkshire Terrier doch tatsächlich *sein Mahl in einem Kindersitz am Tisch zu sich nimmt*.
Da hört sich doch alles auf!
So mancher Gast fühlt sich durch Kinder belästigt, die sich im Restaurant oder vorneh-

men Hotel grad so benehmen, als wären sie zu Hause oder bei Burger King.
Das ekligste, so findet Herr Summerfield, ist jener Moment, wenn Frauchen ihrem kläffenden Winzling das *Futter* mit den Vorlegelöffel aus dem Teller nimmt und anschließend dem Hund an sein Maul reicht. Sich der Hund jedesmal angewidert abwendet. Sich plötzlich eines anderen besinnt. Sein Freßchen beschnuppert. Daran lutscht und Frauchen ihm dies anschließend gleich tut.
Mit der des Herrn Summerfields Magen zum Walzer Tanz auffordernden Steigerung, dass des Kläffers Frauchen, die von ihrem Liebling abgelutschte Kostprobe mit bezauberndem Lächeln zu sich nimmt. Erst dann zeigt sich *verwöhntes Hundchen* dazu bereit, endlich sein Nerv tötendes Gebell einzustellen, endlich zu fressen.
Der welterfahrene Diplomat kann sich nicht erinnern, dies jemals beobachtet haben zu müssen. Er kennt sie ziemlich alle, die Sitten und Gebräuche diverser Völker dieser Erde. So einen widerlichen Anblick jedoch läßt seinen Magen rebellieren. Deshalb stellt er augenblicklich seine Tafelei ein. Unüberhörbar, einer stillen Protestnote gleichkommend, läßt der Herr Summerfield das Besteck auf seinen Teller scheppern, schiebt ihn weit von sich.

Die bisher auf den Knien ausgebreitete Serviette fliegt hinterher. Schickt der um ihren Liebling besorgten Dame – angesichts dieser den Terrier bis ins Mark erschütternden Geräusche, zur Todesangst erschrockenen Hund bitterböse Blicke.
Irgendwie, so erscheint es Jeffrey Summerfield, habe das Frauchen dieses herzergreifend umsorgten Hundes seinen Unmut bemerkt. Erst flüstert sie dem weißen Terrier in seine Spitzohren, anschließend erhebt sie sich.
Geht Sie endlich? Freut sich der Diplomat. *Was um alles in der Welt macht sie denn nun? Wieso um des Himmels und aller seiner Heiligen Willen nimmt sie ihren sabbernden Wechselbalg denn nicht mit?*
In keinster Weise denkt die Dame auch nur ans weggehen. Eher mehr ans ankommen.
Sie nähert sich nämlich, ohne ihren Hund, dem sich bereits der Verzweiflung nahe befindlichen Diplomaten, der lediglich sein Mittagsmahl zu sich nehmen wollte.
Und das in aller Ruhe!
„ Mein Herr, ich darf mich einen Augenblick zu Ihnen setzen, ja? Keine Sorge, kann nicht allzulange bleiben. Muß sogleich wieder zu *Prince*?"
Der Herr Summerfield steht auf, macht eine einladende Geste, während er sich mit dem

Zeigefinger seine Krawatte lockert, sich Luft verschafft. Beobachtet dabei die Dame, wie sie umständlich ihren mobilen Blumengarten auf dem Kopf zurecht rückt, sich setzt.
Der Diplomat setzt sich ebenfalls wieder auf seinen Stuhl. Fühlt Beklemmung in der Herzgegend.
„Zu wem bitte, müssen Sie?“ erkundigt sich der Diplomat. Es klingt anders, als er es sagen wollte. Wohl etwas zu freundlich.
„ Na zu *Prince* ! Eigentlich heißt er ja *Prince Charles of Windsor Castle* tooo.“
Die bisher schlechte Laune von Jeffrey Summerfield ändert sich schlagartig. Er unterdrückt bösartiges Lachen.
„ Tooo? “ ist seine kurzgehaltene Gegenfrage. Die Dame wirbelt mit ihren Armen herum, die Ärmel ihren Bluse scheinen doch etwas zu groß geraten.
Hat wohl die Mode so an sich. Alles muß man haben. Selbst wenn einem so überhaupt nicht paßt. Im Bestellkatalog sieht eben alles anders aus!! Grinst der Herr Summerfield in sich hinein.
„ Ja.“ Erwidert sie gedehnt, die Dame in hellblau, „ Tooo ist iiingliiisch und steht für zwaii. Weil *ein Windsor Castle* existiert doch bekanntermaßen bereits und den Prinzen gibt's ebenfalls schon dazu.“
Der Herr Summerfield zieht eine Grimasse.

Als hätte er in eine Zitrone gebissen. Zwingt sich zu einem freundlichen Lächeln. Was ihm vorerst völlig mißlingt. Es ist die gedehnte Sprechweise dieser Dame, die ihm auf Anhieb unsympathisch ist. Sie lacht verschämt.

Will sich wohl für die seltsame Taufe ihres Hundes vor sich selbst und andauernd vor der ganzen Welt dafür entschuldigen.
„ Den echten kennt mittlerweile einjeder, nur *meinen* Prinzen noch nicht. Aaaaber schon seeeeehr sehr bald, wird die Welt vom hören. Und sehen. Wir, das heißt *Prince Charles of Windsor Castle 2* selbstverständlich, sind nämlich zu einem Bewerb, zu einer Ausstellung eingeladen. Am Montag. Heute geht's erst mal ins Beauty Studio."
„ Ins Beauty Studio, selbstverständlich." Stimmt ihr der Diplomat zu. " Aber das haben sie doch gar nicht nötig .... " Er spürt wie seine Kehle trocken wird. Räuspert sich zwei, drei Male. Kämpft an gegen einen sich ankündigenden Hustenanfall.
„ Oooooooh, ich hoffe Sie sind nicht allergisch gegen Hundehaare. Ich fühle das, weil sie husten. Solcherart Reaktionen kenne ich zur Genüge. Eine nicht geringe Anzahl meiner Bekannten können *mit Prince* ja so gar nichts abhaben. Konnte ich anfangs nicht

verstehen. Es sind jedoch die Haare seines wunderschönen, seidenweichen Felles. Nicht er selbst. Sie können bestimmt erfühlen, wie erleichtert ich war, das zu erfahren. Mir wurde jedoch erschöpfend erklärt, so mancher Mensch reagiert tatsächlich allergisch *gegen Hunde*. Können Sie *das* verstehen?"

Nur zu gut. Denkt sich Jeffrey Summerfield, verneint jedoch wortlos. Seinem Gutdünken nach redet die gute Frau etwas zu viel. Vor allem sooo schnell. Dehnt dabei jedes Wort ins Unendliche. Der Diplomat sucht auf seinem Tisch nach etwas flüssigem. Das Weinglas gähnt genauso leer wie die Flasche daneben. Aber halt ! Da ! Im Teller, zwischen Steak und ein paar Pommes ist noch etwas Sauce verblieben. Der Diplomat löffelt sie umständlich heraus. Schluckt gierig.

„ Ich bin ja so froh, dass in diesem Hotel so viele Tierliebhaber abgestiegen sind. Niemals verlor jemals auch nur eine Person je ein Wort darüber, sowie Prince mal etwas zu laut wurde, was seiner Angewohnheit nicht entsprechend ist."

Der Herr Summerfield hätte sich beinahe an seiner Sauce verschluckt, hustet wieder.

„ Übrigens, ich bin Baronesse Aimeé DuPont. Beide Eltern stammen ursprünglich aus Frankreich. Meine Bescheidenheit bewohnt bereits seit vielen Jahren dieses schöne

Land. Wir, das heißt mein Prince und ich, sind, wie bereits eingangs erwähnt zur Ausstellung hier. Am Montag, gleich nach der Preisverteilung, bei der wir uns einen nicht unbescheidenen Rang versprechen, reisen wir sogleich wieder ab. Das feuchtwarme Klima dieser Stadt bekommt Prince wohl nicht so recht. Er beklagt sich andauernd."
Der Herr Summerfield hat sich verschluckt. Hat endgültig den Kampf verloren. Hustet mit hochrotem Kopf. Wischt sich den Mund ab. Sieht die Frau aus roten, beinahe überquellenden Augen an.
„ Er *beklagt sich* bei Ihnen?" ist der Herr Diplomat perplex und neugierig zugleich, wenn auch mit heiserer Stimme. Schnappt nach Luft wie ein Fisch auf dem trockenen. Sucht den Blick seines Gegenübers.
„Klar doch. Wissen Sie denn nicht, dass ein jedes Wesen von unserem Schöpfer dazu befähigt wurde, sich mitzuteilen?"
„ Verzeihen Sie mir bitte eine Vergesslichkeit. Erscheine in Ihren Augen hoffentlich nicht allzu unhöflich. Vergaß ich mich doch bei Ihnen vorzustellen Konsul Jeffrey Summerfield, Abgesandter der Britischen Regierung im Außenministerium."
„Oooooooh !!! Da haben wir ja besonderes Glück, so eine wichtige Persönlichkeit kennenlernen zu dürfen. Da muß ich Sie natür-

lich umgehend meinem Prince vorstellen."
Verzweifelt versucht Jeffrey Summerfield abzuwinken. Allein ein kurzer Wink der Frau Baronesse jedoch genügt und der Prince *mit den besten Aussichten zur Krönung der Schöpfung,* verläßt augenblicklich seinen Platz, rennt zu den beiden. Blickt aus dunklen Knopfaugen erwartungsvoll sein Frauchen an, hechelt lautstark. Scheint für irgendetwas Zustimmung erhalten zu haben. Sitzt schon auf dem Schoß des Diplomaten.
„ Mein geliebtes Herzblatt, darf ich vorstellen das ist der ehrwürdige Konsul Jeffrey Summerfield. Stell dir nur vor – er ist ein richtiger Abgesandter der Britischen Krone im Außenministerium, und das, mein liiiiebenswerter Konsul, ist *Prince Charles of Windsor Castle* tooo."
Noch ehe der Konsul etwas erwidern kann, fühlt er eine ebenso heiße wie schlüpfrige Zunge über Mund und Nase gleiten. Sogar seine Augen werden befeuchtet. Als der Herr Summerfield seine Augen öffnet, erkennt er erst einmal nur ein schneeweißes Etwas mit zwei dunklen Stellen.
Das mögen wohl die Augen von Charles sein. Rätselt der Konsul. *Wenigstens weiß sie so immer gleich, wo bei ihrem Köter vorne und hinten ist.*
Der Hund läßt von dem Diplomaten ab, wen-

det sich kurz seinem Frauchen zu. Schlabbert dann in aller Gemütsruhe den Saucen Rest aus des Diplomaten Teller.
Wiederum rebelliert dessen Magen.
Wiederum werden dessen Augen feucht.
Diesmal jedoch nicht, weil eine Hundezunge sich daran gütlich tut.
„ Ooooooh wie süß !!! Sehen Sie nur er mag Sie, Konsul. Ihnen zu Ehren nennen wir meinen geliebten Prince heute *Prince Charles of Summerfield.*"

Bridgewater ist überall

„ Aaaaa !! Die Herrin über Wischer und Besen, Meisterin alltäglichen Mobbings am Arbeitsplatz." Raunzt Graffity – Joe, rappelt sich mühevoll hoch. Zuerst ist Fränzchen verdutzt. Als sie erkennt, *wem* sie ihr Arbeitsgerät *anvertraut* hatte, lacht sie amüsiert.

„ Ach Joe! Erstens ist das Mißhandlung eines Wischers, wenn ich ihn dir an die Nase knalle und zum zweiten ein Tag der sooo beginnt, wird ein guter Tag."

Der Lebenskünstler reinigt seine diversen Kleidungsstücke. Schaut genau, zu welchem Teil nun Staub passend ist und wo es angebracht erscheint, ihn wegzuwischen, lacht die Reinigungsfrau freundlich an. Zieht jedoch sofort wieder sein mürrischen Gesichtszüge. Gehört dies doch zu seinem Metier.

„ Auch nicht mehr viel los mit dir." stellt Fränzchen schmunzelnd fest.

„ Na hör mal ! Mit mir ist andauernd *immer etwas* los!"

„ Ach ja? Und was war das heute Nacht? Nicht besonders auffällig der Lärm, den du gemacht hast. Soll ich Dir was verraten ? Du wirst alt, Joe. Wenn ich da an so manche Sommernacht im letzten Jahr zurück denke waaauuh !“ Fränzchen wedelt mit ihrer linken Hand, als hätte sie sich diese am heißem Herd bei Marcel in der Küche soeben verbrannt.

„ Glaubst du eigentlich noch an eine Zukunft nach diesem Windhauch, den du den reichen Gästen dieses Hotels um die Ohren geblasen hast? “

„ Ist’s denn so arg?“ will Graffity – Joe ernsthaft wissen. Die Reinigungsfrau winkt ab.

„ Bedeutend schlimmer einfach zu leise. Aber wie’s hier nix mehr wird, wanderst halt woanders hin. An Brücken fehlt es nicht in unserer Stadt.“ Fränzchen kichert amüsiert.

„ Bridgewater ist überall, mein Freund.“

Joe beobachtet die Reinigungsdame genau. Irgendetwas scheint sie zu wissen, das ihm bisweilen unbekannt ist.

„ Was willst du mir nur sagen? Ich habe das untrügliche Gefühl, du willst mir etwas sagen, das ich noch nicht weiß.“

Fränzchen kaut auf ihren Lippen. Schüttelt energisch ihren Kopf.

„ Nein! Nein, da is´ nix.“ wehrt sie händeringend ab. Schüttelt dabei genauso oft wie schnell ihren Kopf Doch Graffity – Joe kennt sein Gegenüber lange genug, um nicht zu bemerken, dass diese Frau vor ihm etwas verbergen will, um ihn nicht zu verletzen.

„ In einer Stunde ist Mittag. Ich sollte längst

fertig sein, Joe. Bitte entschuldige mich."

Etwas barsch ergreift der Lebenskünstler ihren Arm, hält sie vom weiter gehen ab. Grad will er etwas sagen, da heulen ohrenbetäubend jaulende Sirenen. Sogleich stehen zwei Polizeiautos vor dem Hoteleingang. Türen fliegen auf, jeweils zwei Beamte stürzen aus den Fahrzeugen. Nehmen die beiden Lebenskünstler nicht mal war. Verschwinden im Hotel.
„ Hab da was läuten hören. Von wegen *Wachdienst* und so."
Graffity – Joe horcht auf. Sein Herz schlägt mit einemmal schneller, unruhig sein Puls.
„ Was ... was für ein *Wachdienst*? Sag's mir bitte, *was* ist los in Bridgewater?"
Fränzchen wischt sich ihre feuchten Handflächen wieder und wieder an der grünen Kittelschürze ab. Ihre Arme bewegen sich wie eigenständige Schlangen an ihrem Körper, als sie unsicher weiter spricht. Sich dabei hin und wieder räuspert.
„ Naja ... war ... war nicht meine Absicht. Weißt ja selbst, wie das ist in so einem großen Haus ... und als Reinigungsfrau sowieso ... da bekommst du manchmal mehr mit, als dir lieb ist ...."
„ Und du in deinen Gedanken behalten kannst, ich weiß. Du kennst mich, Fränzchen

kurz und schmerzvoll war mir stets am liebsten ... also ?“
„ ... Mehr zufällig konnte ich hören, wie sich der Manager mit einem Gast unterhielt, der sich fürchterlich darüber aufgeregt hatte, weil in der Nacht mal wieder ein Lärm war und ein Hund angeblich andauernd bellte. Aber es ist nicht nur das ....“
Joe´s Blick wandert von der Reinigungsfrau ab. Verliert sich. Wird starr.
„ Die wollen mich loswerden ! Die ... die ... die mögen mich nicht mehr.“
„ Hast dir sicher denken können, dass das nicht auf ewig so weiter gehen kann. Nachts hin und wieder ein bißchen Lärm veranstalten ... am nächsten Tag dafür kassieren, dass du die *Spitzbuben beobachtet und vertrieben* hast. Glaubt dir auf Dauer eh keiner mehr.“
Sie wendet sich von ihm ab, etwas verschämt. Fühlt Mitleid für ihren alten Kumpel. Ehe er etwas erwidern hätte können, stürmt die Polizei aus dem Hotel. Je zwei Beamte führen einen Mann ab. Als alle sich in den beiden Fahrzeugen befinden, brausen die beiden Wagen der Sicherheitsbeamten davon. Diesmal ohne Sirenengeheul.
„ Ist vielleicht besser, Fränzchen. Hast vollkommen Recht. Wer weiß, was mit den beiden da eben war. Was hätte ich groß ausrichten können, wären sie mir irgendwo im Haus

begegnet. Oder ich hätte sie beim Einbruch ertappt."
Graffiti Joe schüttelt seinen Kopf, lacht.
„ Davonlaufen ist in so einer Situation noch immer am gesündesten."
„ Manchmal ... manchmal, so finde ich zumindest, ist es aber besser, sich der Situation zu stellen." erwidert Fränzchen. Es klingt geheimnisvoll. Joe blickt ihr lange in die Augen.
„ Hab ich aus einem schlauen Buch."

Joe nickt nachdenklich.
„ Ich finde schon was, das extra und allein mir zugeschnitten ist. *Buch* ist übrigens ein gutes Stichwort. Schleppe bereits einige Jahre eine Idee mit mir herum. Wollte nämlich immer eins schreiben." erwidert der Lebenskünstler zuversichtlich. Schlägt sich mit der rechten Hand aufs Knie. „Wir könnten uns natürlich genauso zusammentun?"
Fränzchen schaut den Lebenskünstler erstaunt an.
" Neeeeeee, nicht was du denkst. Nicht gleich heiraten. Für den Anfang einfach so. Ich unterstütze dich bei deiner täglichen Arbeit und du, du hilfst mir meinen Lebenstraum zu erfüllen. Ich weiß genug an Erlebnissen zu berichten. Kenne alle einundzwanzig Buchstaben des Alphabets. Diese so

zu mischen und zusammenzusetzen, dass es interessante Worte und kluge Sätze ergibt und danach nur mit dem wichtigen aneinanderreihen der vielen Worte eines hinter das nächste, damit sie bedeutsam klingen und dem Tippen auf der Schreibmaschine hab ich's nicht so. Da bist eben du viel besser als ich. Hast mir stets bei meinen Bewerbungen an unzählige Firmen im ganzen Land und bei den komplizierten Anträgen an die Behörde liebevoll geholfen. Einen Titel habe ich auch schon für mein Buch *Avalon Geheimnis umwobene Insel in meinen Augäpfeln*. Was hältst du davon ? "
Nachdenklich nickt Fränzchen. Erst nur leicht, vorsichtig, überlegend. Dann, mit einem Aufleuchten in ihren Augen immer heftiger.
„ Gute Idee, sehr gute sogar. Nur der Titel. Ich weiß nicht. Dabei dachtest du bestimmt an deinen Apfelkorn, was ? Hattest einige zuviel intus ?"
" Aber ... aber ... hör mal ... Avalon bedeutet doch Insel der Äpf ... "
" Joe ...."
„ Bitte, Fränzchen ?"
„ Solltest du keinen finanzkräftigen Verleger finden ...."
„ Jaaaaaaaaaa?" lauert der Lebenskünstler grinsend.
„ Du weißt ja bestens darüber Bescheid, wie

man die Container öffnet."
Die beiden amüsieren sich ausgelassen und völlig ungeniert. Graffity – Joe richtet seinen Zeigefinger auf Fränzchens Nase.
„ Da schätzt du mich falsch ein erstens *findet* der richtige Verleger *mich* ... Graffity – Joe ist kein Unbekannter und stellt etwas dar in dieser Stadt, und zweitens ... mein Manuskript landet *niemals* zwischen tranigen Pommes und schlabbrigen Salatblättern. Vorher benutze ich es, um mich in lauen Sommernächten im Park auf einer Bank damit zu bedecken und vom Erfolg als großer Schriftsteller zu träumen."
„ Dann bleibt nur noch eine Frage zu klären ...." erwidert Fränzchen ernsthaft, jedoch mit einem nicht besonders gut versteckten Schmunzeln um den Mund.

„ Die da wäre ?" lauert Graffity – Joe abermals, kennt er doch Fränzchen bestens.
„ Wohin am nächsten Morgen mit den *anderen beiden* Seiten?"
Wiederum hallt schallendes Gelächter durch das vornehme *ParadiseBird Inn.*
„ **Völlig uninteressant.** Aber danach, mein liebenswertes Fränzchen, machen wir eine Flasche auf. Da wird gefeiert."
„ Honeymoon bei Graffity – Joe?" freut sich die Reinigungsdame händereibend.

„ Ooooooh jaaaaaaa, richtiges Honeymoon mit dir."
„ Unter den Brücken der Großstadt?"
Joe hält seinen Freudentaumel plötzlich inne.
„ Moment ... nicht unter *den* Brücken ... unter *der* Brücke. Unter meiner! Daheim in Bridgewater."
„ Klar doch, wie konnte ich das nur vergessen. Honeymoon in Bridgewater. Finde ich sehr romantisch."
Er nimmt sie liebevoll um die Schulter. Zusammen betreten die beiden das Hotel.
Leise fällt die Türe vom Lieferantereingang hinter ihnen ins Schloß.

In jenem Schicksal haften Augenblick, als zwei Arbeiter sich am Schriftzug des Hotels zu schaffen machten. Ausgiebig ihr Tun bewundern. Eine lange Leiter im Pickup verstauen.
Einsteigen. Wegfahren.
Grad als eine Lady, in pastellblau gekleidet, mit einem seeehr großem Strohhut auf ihrem Haupt, das ***BIRD OF PARADISE INN*** durch den Haupteingang verläßt. Untergehakt bei einem Herrn mit schwarzem Diplomatenkoffer in der einen und einem kleinen weißen Terrier an der langen Leine in der anderen Hand.
Als Miriam, die Rezeptionsangestellte, Hand

in Hand mit einem jungen Mann, sich verliebte Blicke zuwerfend, an den beiden vorbei, das Hotel betreten, und eine ältere Dame mit schlohweißem Haar lächelnd in Richtung Hauptbahnhof schlendert.

Nicht
was du bist,
ist,
was dich ehrt.

Wie du es bist, bestimmt deinen Wert.

Friedrich Rückert

Dieser Blödmann ...

Prima Ballerina ?

Die Erlebnisse eines *wahren* Gentleman

Prima Ballerina ?

Sommer, 1972

Im zarten Alter von elf Jahren tanzt ein Mädchen beim Balletunterricht und als Junge zählt *man* in einem Fußballclub eifrig die selbst geschossenen Tore.
Ich war damals wohl etwas aus der Art geschlagen mich trieb es zu den Wölflingen.
Was das ist ?
Wölfling nennt man einen Pfandfinder am Beginn seiner *Karriere*. Eigentlich hieße mein dem Alter entsprechender Rang bereits Späher. Bin jedoch erst mit neun Jahren diesem Verein beigetreten, deshalb Wölfling. Eine wichtige Chance für eine glorreiche Beförderung, rechnete ich mir jedoch zum Ende jenes Sommers hin aus.
Aus diesem Zeitraum stammen meine nachfolgenden Erlebnisse.
Eines schönen Tages war an der großen Tafel am Eingang unseres Heimes ein Anschlag zu

lesen, die obersten Pfadfinder bereiten ein bedeutendes Outdoor Camp vor. Mit dem Ziel, uns Frischlingen Verantwortungsgefühl und Eigenständigkeit näher zu bringen.
Für mich bedeutete die it anschließender Prüfung die Chance zur Beförderung in die nächste höhere Altersstufe.
Da packte mich der Ehrgeiz und ich paukte nicht nur Vereinsregeln, ich knüpfte Tage lang Knoten aller Art, dass es nur so rauchte. Selbst im Schlaf noch, erzählte meine Mutter später, hätte ich des öfteren laut – *„Bin treu und helfe wo ich kann und achte meine Mitmenschen und versuche sie zu verstehen.“* und *„Arbeiten mit Herz, Hirn und Geduld.“* gerufen. Nur gehandelt habe ich nicht nach diesen Vorsätzen, wie ihr sehr bald feststellen werdet. Ist *man* besonders gut und längst erwachsen, arbeitet *man* sich hoch, nennt sich fortan Gruppenführer, hernach wird man mit *Herr Feldmeister* angesprochen, schreibt sich eines Tages in die Soldliste der Navy ein, erhält dort einen Knacks und arbeitet fortan entweder als Rambo oder Staatspräsident.

Scherz beiseite. Pfadfinder kann ruhig wörtlich verstanden werden. Uns wurde liebevoll beigebracht den richtigen Weg ins Leben zu

finden. Was ich tatsächlich einst in dieser Welt darstellen wollte, wußte ich damals noch nicht so genau – mit meinen elf Jahren. Nur Großartig sollte es sein, das war mir von jeher bewußt.
Nur was?
Damals jedenfalls – da stellte ich bereits etwas dar !
Einen Wölfling!!!
Da hieß es jeden Samstag antreten zum Dienst. Frisch geschniegelt und sorgfältig gekämmt versteht sich. Pünktlich um zwei Uhr nachmittags im Clubheim erscheinen.
Was besonders für mich galt. War doch der *Späher* mein hehres Ziel.
Die Woche über erlebte ich in andauernder Anspannung. Schwelgte ich doch verständlich für jeden *echten Jungen,* in Hochstimmung. Bis endlich Samstag war :
Stets adrett gekleidet aus dem Haus. Stolze, verstohlene Blicke zu den einem begegnenden Menschen. Besonders die alten Damen aus meinem Wohnhaus lächelten verzückt. Gänzlich davon angetan, weil ein Junge, der soooooo gekleidet herum lief, eben noch Zucht und Ordnung kannte.
Nicht wie diese Raver Typen – mit ihren zu langen T-Shirts. Hosen, die selbst einem ausgewachsenen Elefanten unfreiwillig das stolpern lehren würden. Einem Haarschnitt her-

um liefen, als würden sie sich mit einer Sichel ohne Spiegel *diese Mißhandlung* selbst zugefügt haben.
Der Samstag Vormittag gestaltete sich in etwa jedesmal gleich. Lief folgendermaßen ab:
halbsechs Uhr morgens und hellwach – ab unter die Dusche,
noch vor dem Frühstück üben .. üben .. üben .. wie Wölfling eine Krawatte bindet
den steifen Hut bürsten und ..
so gegen elf Uhr steckte ich bereits in meiner beigen Uniform.
12.30 – raus aus der Wohnung, im Hausgang auf den Lift warten, genierlich versteht sich, nicht so wie ansonsten – von einem Fuß auf den anderen hüpfen
unten angekommen, sich besonders wichtig geben. In bewundernden Blicken der
Passanten baden ... baden ... baden ...
und dann ... jedesmal ... dieeeeeeeser Schock!
Raus aus der Haustüre und da stand ... **Wendy** !!!!!!!!
An sich ein nettes Mädchen in meinem Alter.
Die einzige, die mich *nicht* meiner Uniform wegen bewunderte!!!!!!!!!!
Das jedoch war nicht der Grund meiner Abneigung ihr gegenüber.
... !!!!!!!!!!!!!!
Sie rennt mir nur andauernd und überall hin-

terher!
Ist in mich verliebt!!

In diesem Glauben jedenfalls lebte ich zu dieser Zeit.

Mir wäre einiges an Kummer, der da noch auf mich warten sollte, erspart geblieben, wäre ich nicht so eingebildet gewesen wie in jenen Tagen des Sommers 1972.
Mittlerweile lernte der kleine Hattiwari sehr viel dazu.
Davon etwas später.

Da stand sie also. Wartete bereits *seeeehnsüchtig* auf mich. Quietschte mit ihrem zuckersüßen Stimmchen munter über Geschehnisse drauflos, die mich entweder *kein bißchen* interessierten oder sogleich zur Weißglut brachten.
„ Hallo Kumpel, heute zeigen wir's dem Feind wieder gell, täglich eine gute Tat, gell?“
Immer dann verzog sich mein Gesicht zu einer grauenvollen Grimasse. Beschleunigte ich meinen Schritt. Glich ihn dem Takt der Rauchwolken über meinem Kopf an. Dummerweise legte Wendy ebenfalls an Geschwindigkeit zu und holte mich so bald wieder ein.
Leider hatten wir den gleichen Weg zu ge-

hen.
Leider mußte ich sie sogar mitnehmen. Zum einen, weil meine Mutti es so wollte.
„ Mein Junge – paß sehr gut auf Wendy auf, bringe sie gesund nach Hause.
Du weißt selbst wir sind mit ihren Eltern befreundet. Die sind sehr wohlhabend. "
Das war nicht der einzige Grund. Es gab noch einen extrem wichtigeren. Der erklärt auch, wo ich es doch haßte sie mitnehmen zu müssen. Andererseits froh darüber war, *dass* ich sie mitnehmen *mußte*. Unverständlich ? Genaueres etwas später.
Bei jedem von Wendys, sicherlich liebevoll bedachtem Lächeln, hörte ich in Gedanken meiner Mutter gut gemeinten Ratschlag.
Weeeeeeaaaaahhh !
Leider mußte ich diesen befolgen.
Nicht etwa, weil wir mit ihren wohlhabenden Eltern befreundet waren oder weil Wendy den gleichen Weg wie ich ging, nein
– sondern –
und das war ja das Grauenvolle an der ganzen Misere –
sie zum anderen ein **Guide** war!!!!!!
Was das ist ?
Haltet euch fest, ein Guide ... ist ein – ich getraue mir dies ja kaum über die Lippen zu bringen –
ein Guide ist ein ...

... weiblicher Pfadfinder !!!!!!!!!!!!!!!!
Zudem bereits einen Rang höher als ich.
Damit war ich ja wohl bestraft genug !
Warum geht sie nicht zum Ballett, wie Tausende andere normale Mädchen auch?
Warum macht sie nicht Karriere als Prima Ballerina?
Warum mußte sie vor zwei Jahren damit aufhören, als sie mit ihren Eltern ins Nachbarhaus einzog?
Prima Ballerina?
Neeeeiiinnn !!!!!!!
Guide wollte sie sein !!!!!! Später eventuell noch ....
Erzählt mir andauernd, wie gerne sie Tierärztin werden würde.
Um all den bedauernswerten Kreaturen helfen zu können. Als ob mich das interessieren würde. All die Katzen einsammeln, die von Autos angefahren und achtlos liegengelassen würden. Am Schicksal der an unzähligen Autobahnrastplätzen kurz vor den Sommerurlauben ausgesetzten und verhungernden Hunden teilhaben.
Was die sich denkt !
Womöglich schleppt sie im Winter den Rehen und Hasen ihr Futter in den Wald.

Ich weiß, meine Einstellung damals war keineswegs das Fundament, auf dem ein echter

Pfadi seine Karriere aufbaut. Aber wie bereits erwähnt, der Grund für mein Verhalten war ein völlig andrer. Also weiter ...
Sie, glücklich ein Liedchen summend, ich, niederschlagen und vor mich hin brummend, bestiegen wir gemeinsam die himmelblaue Tram. Bereits zwei Stationen weiter ging es dann jedesmal los. Da begann mein an sich weicher Sitz unbequem zu werden, kalter Schweiß meine Stirn zu bedecken. Ich rutschte mit meinem Hintern hin und her, wischte so unauffällig wie mir möglich mit der Krawatte übers Gesicht.
Da wurde ich jedesmal leicht nervös.
Da zitterten meine Hände wie Espenlaub. Ich konnte sie kaum unter Kontrolle halten. Hoffte Wendy möge es nicht bemerken. Vorsichtshalber schob ich sie unauffällig, mit stoischem Blick aus dem Fenster der Tram, unter meine Schenkel. Bemerkte gleichzeitig, wie meine Knie butterweich wurden. In meinem Bauch tanzten Millionen Schmetterlinge *Cha-Cha-Cha*. Ich finde, es ist an der Zeit mein Geheimnis zu lüften, warum ich froh darüber war, *dass* ich Wendy mitnehmen *mußte*.

An dieser Station, da stieß nämlich jedesmal ... Natalie zu uns.
Ein seeeehr hübsches Mädchen mit blasser Haut. Hellblauen Augen. Ins orange tendierenden Haaren. Natalie war damals *Wendys BesteFreundin*.
Und *sie* war der einzige Grund, warum ich es überhaupt ertrug, mich als Beschützer Wendys aufzuopfern.
In Natalie nämlich ... war ich ... ein kleines bißchen ... verliebt!
Lacht da jemand?
Nur – Natalie beachtete mich nie!
Wünschte mir, kurz angebunden versteht sich, grad Mal einen *Guten Tag*, unterhielt sich anschließend *und ausschließlich* und das wiederum sehr ausgiebig mit Wendy. Bis wir nach weiteren drei Stationen die Tram verließen.
Ich konnte nie verstehen, was die beiden so viel zu bereden hatten ... mich links liegen ließen. Wo ich mir wochentags zusammengereimt hatte, was ich Natalie alles sagen würde ... wie wir uns köstlich amüsieren würden ... bei einem Eis ... in Ermano Rossis Stadt bekanntem *CAFFÉ TUTTI DOLCE D´ ERMANO*.
Die Realität bescherte mir jedesmal, dass ich, im Vereinsheim angekommen, die beiden erst wieder zu Gesicht bekommen sollte, wenn wir den nach Nachhauseweg antraten.

Irgendwie verspürte ich Wendy gegenüber eine stete Eifersucht, plante insgeheim, wie ich es schaffen konnte, sie einmal loszuwerden. Konnte doch gut möglich sein, dass Wendy plötzlich erkrankte ... und dann ...
Ich würde an der Tramstation auf Natalie warten, würde ihr erklären:
„Hallo Natalie, wunderschön dich hier zu treffen.
Tut mir leid, Wendy liegt mit einer starken Grippe im Bett ...
... aber ich bringe uns zwei schon sicher ans Ziel."
Genau so und genauso tausende Male anders gingen solcherart – heute find ich's gemeine hinterlistige Gedanken durch meinen damals unheimlich verliebten Kopf. Schmiedete Pläne. Sah uns beide hoffnungslos verliebt, eng umschlungen am Brommer See sitzen. Die Angel ausgeworfen und während meine Würmer badeten, wir beide uns an der kleinen Eisdiele im Stadtpark gütlich tun würden. Oder – ich jagte als Stürmer den Ball übers weite Grün des Vereinsstadions und auf der Zuschauertribüne feuerte mich Natalie mit rotglühenden Wangen an. Pfiff mir anspornend zu. Alle wären sie neidisch auf mich weil Natalie scharte ungewollt in diesem zarten Alter bereits eine beachtliche Zahl an Verehrern um sich. Weil sie so toll

aussah. Jedesmal sowie sie lächelte, bildeten sich tiefe Grübchen in ihren Wangen. Ihre blauen Augen strahlten dann heller als die Sonne an einem wunderschönen Frühlingstag. Und erst ihr Schritt.

Wie sie ging –
nein – wie sie übers Straßenpflaster ... schwebte.
Uuuuiiiiiii!!!!!!!

Aber : Es sollte noch ***gaaaaaaaanz anders*** kommen.

Warum wohl !
Nicht weil ich eure Langeweile mit Prophezeiungen unterbrechen will, sondern schlicht und ergreifend -

weil das im Leben nun mal so ist !

Es war gegen Ende dieses Sommers. Als die eine Hälfte der Menschheit aus ihren *Urlauben* zurück kehrte, und die andere begrüßte, die derweil die verlassene Stadt bewacht hatte, den Moskitos so ihr Überleben sicherte, wenn *das Elend* wieder begann.

Glaubt ja nicht, ich ging nicht gerne zur Schule.
Aber hallo !
Voll das Gegenteil war der Fall.
Diese Zeit zählt für mich heute noch zu der bisher schönsten meines Lebens.
Mit ebensolchen Erinnerungen.
Hatte gute Freunde.
Mein bester war gleichzeitig mein Kumpel Robby, bürgerlich Roberto Manolo Schneider, für mich schlicht und ergreifend *der Robby*.
Aber da war noch was – Wendy!
Leider besuchte sie dieselbe Schule wie ich. Dazu noch die Parallelklasse. Mit anderen Worten, wir beide befanden uns auf gleicher Bildungsebene!
Es geschah öfters, da rief sie mich nachmittags an, um wieder irgendetwas von mir auszuleihen. Mal ein Heft, um angeblich ihre Hausaufgabe in Mathe mit der meinen zu vergleichen. Dann wieder einen Bleistift oder ein Lineal ! Als ob sie das nicht selber besessen hätte.
Nur um mich zu ärgern!
So zumindest empfand ich damals ihr Gehabe. Wie erst viel später erfahren sollte, leider zu spät der Hintergrund war ein völlig andrer.
Doch zurück zu meinem Gehabe.

Na hört mal!
Ein Mann in meinem Alter erhält Anrufe ... von einem Mädchen !!!!!!!!!!!
Jungs *beschäftigen* sich mit Jungs !
Mädchen *spielen* mit Mädchen !
Punktum!
Wie es sich gehört.
Zumindest in meinem unerfahrenen Alter von elf Jahren.

Wo bin ich stehengeblieben – ja genau.

Also, immer dann, wenn die Sommerferien sich ihrem Ende neigten, veranstaltete einer der unzähligen Pfadiclubs ein pompöses Abschlußfest. Bei uns heißt das **Land of Adventures Day**, kurz **LoA day**.
Dieses Mal fand das Treffen bei uns im Hauptlager statt. Da traf und trifft sich bei solchen Festen die nicht mit einem Jamboree verwechselt werden sollten auch heute noch alles aus dem ganzen Land, was sage ich, aus ganz Europa alles, was sich Rang und Namen erarbeitet hatte, zu einem gemütlichen Plausch mit nachfolgendem Leistungswettbewerb.
Da wurde dann von der Elite *der Besten der Besten* die Bestleistung gleich ein paar Mal überboten und zwar dermaßen gewaltig, dass es nur so rauchte. Da zeigten sich die

Pfadfinder gegenseitig was sie den Sommer über gelernt hatten. Tauschten Erfahrungen und *coole heiße* Tipps ... mit abschließendem *ausgiebig gemütlichen Plausch*.
Eine an sich traumhafte und lehrreiche Angelegenheit. Allerdings schmerzte mich ein schlimmer, wirklich *schlimmer Haken* an dem Ganzen es durften auch Mädchen daran teilnehmen.
Dem nicht schlimm genug
... sogar Wendy durfte !

Seid nicht zu sehr ungehalten meiner gelegentlich negativen Äußerungen wegen, was Wendy betrifft. Ist nicht wirklich böse gemeint.
Im Alter von elf Jahren ist man nun mal seltsam, was das weibliche Geschlecht betrifft.
Vor allem dann, wenn man zwei Schwestern hat und selbst das Sandwichkind ist.

Mit dabei auch mein Kumpel Robby.

Als Guestscout bei uns GuSp*!
Er sagte mir, er wolle nur *mal gucken*, wie das so ist, bei den Pfadis, *wie es so bei uns einhergeht*.
Bei uns Männern!!!!!!

Und dem Haken !!!!!!!

Robby gesellte sich also zu uns, mit der Absicht, in seinem Leben auch einmal etwas Bedeutendes darstellen zu wollen. So wie ich. Ebenfalls ein Wölfling zu werden. Warum er mich damals augenzwinkernd angrinste, als er diese Bemerkung machte, wurde mir erst viel später bewußt – er wollte einfach nur die Girls *begutachten*.
Von wegen Jungs beschäftigen sich mit Jungs.
Ich war wohl tatsächlich ein wenig zurückgeblieben.
Vom Feld und Waldmeister, dem Rover Günther und seinem *Assistenten*, der Caravelle Amanda, erhielten die Wichtel (!) und Wölflinge ebenso wie die Guides (!) und Späher und Wendy (ebenfalls Guide) ihre genauen Unterweisungen.
Danach teilt er uns in Patrullen auf.
Eine Patrulle ist, wie jedermann weiß, eine kleine Gemeinschaft, bestehend aus 6 - 8 Kindern. Ziel einer solchen Patrulle ist von jeher, das heißt seit der britische General

Robert Baden - Powell 1907 die Boy Scouts gründete, vor allem die Gemeinschaft.
Gemeinsame Unternehmungen *wie etwa Waldläufe, Kinobesuche, schwimmen, basteln und dabei singen, ob richtig oder falsch ist egal, weil alles kann erlernt werden* auch außerhalb des Vereinslebens zu tätigen.
So das Miteinander vorher sich völlig fremder Personen üben, um schlußendlich ein verschworenes Team zu werden. Das hieß aber auch, wir sechs waren auf Gedeih und Verderb nicht nur für diesen Erkundungsgang, sondern für die nächsten Wochen verbunden.
Keine üble Vorstellung an sich, nur ...
Ihr ahnt es bereits Wendy war auch dabei !
Anführer einer solchen Gruppe durfte ich also sein!
Keiner hatte einen Einwand. Das machte mich besonders stolz. Gehörte ich mit meinen, zwar schon elf Jahren, Rangmäßig doch noch zum gemeinen Volk, der Meute.
Und plötzlich war ich ein gestrenges Aufsichtsorgan über jeweils zwei *Jungs* ... und drei *Mädchen*!
Klar doch, mußte ja so kommen.
Da war die zierliche Andrea, Kumpel Robby und ich, dann der, naja - gutaussehende Alex, ***meine*** **Natalie** und ... was soll's ... Wendy eben.

GuSp* = *Pfadiübliche* Abkürzung für **Gu**ides und **Sp**äher, danach folgen die **CaEx** - **Ca**ravelles und **Ex**plorer (14 - 20 Jahre) und die **RaRo** - **Ra**nger und **Ro**ver (Ausbilder) erst tief Atem holen, bevor ihr überlegt, wie man wohl die sieben bis zehnjährigen **Wi**chtel und **W**ölflinge abkürzt - ich will kein **WiWi** hören - sie heißen :
die Meute oder **das Volk**

Wie gesagt – Alex sah gut aus. Robby besaß dafür mehr an Selbstsicherheit – machte sich damals bereits an jedes Mädchen heran. Und ich zerbiß mir jedesmal die Zunge. Kaute auf meinen Lippen, wenn ich eifernd beobachten mußte, wie Alex mit Natalie herum blödelte. Er erschien mir ohnedies nicht ganz normal – gab sich der mit einem Mädchen ab! Das wäre mir eigentlich noch ziemlich egal. Ging mich auch nichts an, was für eine seltsame Entwicklung der durchmachte. Nur eines störte mich dermaßen, dass mir jedesmal heiß und kalt und kalt und heiß wurde.
Erinnerte mich sehr an Wendy – weil ...
Der Kerl redete nämlich ausschließlich ...
... **mit meinem Mädchen**!!!!!!!!!
Warum nicht mit der schwarzhaarigen Andrea oder, jaaaaa, warum nicht mit Wendy!!!????
Nein – mit Natalie, **dieser Blödmann**.

Pause !!!! Einen Moment bitte :

An dieser Stelle sei dringend darauf hingewiesen, dass Wendy ein durchaus hübsches, attraktives, anständiges, stets sauber und adrett gekleidetes Mädchen mit langem rotblondem Haar war.

Und ich ein dummer eingebildeter Gockel, wenn ich das mal so sagen darf, mit ehrlichem Blick aus heutiger Sicht.

Was mich an ihr so störte, ich konnte es damals wie heute nicht erklären.

Aber sie mir. In einem Brief, den ich Euch nicht vorenthalten möchte. Mit Worten, die mich beinahe aus meiner Bahn geworfen hätten. Als Schlußpunkt meiner hier niedergeschriebenen Erlebnisse ist er zu finden.

Vielleicht war sie eine Seelenbekanntschaft aus einem früheren Leben.
Oder ich erkannte an ihr unbewußt wesensverwandte Züge. Dinge die ich selbst machte. Andere damit nervte und der Herrgott mich damit aufmerksam machen wollte. Meine eigenen Fehler deshalb in Wendy widerspiegeln ließ.
Nachdem wir uns als Patrullensymbol die Blüte des Löwenzahn ausgesucht, als Namen Marderzahn gewählt hatten, zogen wir los. Mit noch leeren Wimpel. Schwerem Gepäck beladen, hinaus ins Ungewisse. Verließen das sichere gemeinsame Lager.
Dieses Ungewisse stellte eine kreisrunde Waldlichtung dar. Gerade mal dreihundert Meter vom Hauptlager entfernt. Idyllisch gelegen und sehr romantisch.
Froh gelaunt, ein jeder von uns ein anderes Liedchen pfeifend, machten wir uns sogleich daran, das Zelt aufzubauen. Mußten ernüchtert feststellen, die Mädchen errichteten ihr Lager bedeutend schneller als wir *erfahrene Männer*.
Just in dem Augenblick, als unsere Behausung in sich zusammenfiel, als Robby sich gequält herauskämpfte und Alex zum zehnten Mal vergeblich das Feuer zu entfachen versuchte, wofür er wirklich und wahrhaftig gänzlich ungeeignet war, kam ein

Gruppenleiter vorbei. Beobachtete uns eine Weile über. Machte Notizen.
Warum schreibt der nur so viel auf seinen Block?
Ich glaube mich daran erinnern zu können, wie er unmerklich seinen Kopf schüttelte ... und ... dabei grinste !
Als die Dämmerung einsetzte, stand unser Zelt seltsamerweise. Ein kleines Flämmchen loderte vergnügt. Wärmte uns, die wir darum einmütig versammelt saßen.

Nun folgte der allerorts bekannte Teil, der hinlänglich als Lagerfeuerromantik bekannt ist. Jeder erzählte ein Erlebnis aus seinem Leben. Anschließend erdachte sich Robby eine Geschichte, die der nächste dann sinngemäß weiter erzählen mußte. Das ging reihum so weiter. Als ich dran war, legte ich mit einer grausigen Horrorstory los, die in Kürze nicht nur den anderen zu schaffen machen sollte.
Müde, leicht verunsichert begaben wir uns zwei Stunden später in die Zelte.
Legten uns schlafen.
Die Jungs unter sich und die Mädchen unter sich !
Damit keinerlei Mißverständnisse aufkommen.
Zuerst wurde es bei den Mädchen finster. Wir hörten sie dennoch lange reden und kichern.

Ihre zarten Stimmchen wurden bald schon leiser. Vermischten sich mit dem schweren, geheimnisvollen Rauschen der uns vollkommen einschließenden Tannen.
Irgendwo im Finster der Nacht und den Tiefen des Waldes schlug ein Käuzchen an.

„ He Robby ! Hast du das eben auch gehört ? Da hat doch was geknackt!“
Angst verspürte ich nicht wirklich! Und wenn schon, dann nur ein ganz klein wenig!!!
Mehr durfte ich erst gar nicht aufkommen lassen. Hatte ich schließlich die Aufgabe, auf Wendy aufzupassen. War ebenso für die gesamte Gruppe verantwortlich. Dieser Knoten in meinem Hals, der kam nur von der nächtlichen Trockenheit.
„ Könnte eines deiner schleimigen Gespenster gewesen sein, die einem im Schlaf die Augen aussaugen.“
Es klang genauso vorwurfsvoll wie ängstlich. Robbys hämisches Gezeter jedoch jagte mir einen eisigen Schauer über den Rücken.
„ Oder der Werwolf, der uns beißt. Stellt euch vor, morgen sind wir dann alle Werwölfe.“
„ Hey Alex das funktioniert nur bei den Vampiren.“
„ Nur bei den Vampiren? Da hast du mich

grade seeeeeehr beruhigt, Robby."
„Warum?" wollte ich mit etwas bebender Stimme wissen.
Mut mein Junge, ermunterte ich mich selbst, *da sind noch mehr in deinem Zelt – und vor allem – morgen geht die Sonne auf. Dann ist's wieder hell.*
Nur die Zeitspanne zwischen dem Versuch endlich einzuschlafen und *morgen geht die Sonne auf und dann ist's wieder hell* war soo lang. Vor allem sooooo dunkel.
" Weil Vampire nur in den Filmen leben ... und in Transsilvanien."
„ Wo ist denn *das*?" ward Alex neugierig.
„Rumänien glaub ich, Robby. Dort wurde bekanntermaßen Dracula erfunden."
„ *Geboren*, nicht erfunden." Korrigierte er mich.
„ Von einem Buchschreiber hoffe ich."
Irgendwie klang die Stimme von Alex so seltsam zittrig.
„ Nein, Blödmann! Den Dracula den gibt's wirklich. Is´n schrecklicher Fürst, der seine Untergebenen mit einem Holzpfahl aufspießt. Dann in der Sonne braten läßt um seine Gefangenen im Verlies damit zu füttern."
Nun herrschte Totenstille in unserem Zelt. Es war so still, man hätte den Mond in einer scharfen Bahn auf seinem Weg um die Erde quietschen hören können.

Hätte er sich gezeigt.
Doch wo war er heute wo ich ihn brauchte ?
Versteckte sich. Der Feigling !
„ He ... !“ flüsterte ich.
Keine Antwort.
Robby und Alex waren eingeschlafen!
Ich wälzte mich auf meiner etwas unbequemen Schlafstätte hin und her.

Versuchte ebenfalls einzuschlafen. Horchte nach draußen – Stille.
Zu still für mein Gefühl !
Moment mal!!
Spielt da nicht jemand mit der Plane des Zeltes?
Vorsichtig setzte ich mich in meinem Schlafsack auf. Lauschte angestrengt.
Was, wenn ein Komet vom Himmel fällt. Dabei ausgerechnet unsere Zelte trifft?
Gibt's Erdbeben in unserer Gegend?
Dürfen Vampire kleinen Mädchen und ... vor allem **Jungs** ... was antun?
Ich legte mich leise und vorsichtig wieder auf mein Lager. Schloß meine Augen. Den Verschluß meines Schlafsackes ließ ich offen. Hätte zu viel Lärm gemacht, ihn zu zuziehen.
Die Nacht blieb ruhig. Irgendwann schlief ich dann ebenfalls ein.

Kichern vermischte sich mit dem typischen Geklapper vom Feldgeschirr. Beides zusammen mit in meinen Traum : *Ein grausamer Herrscher galoppierte auf einer Kuh über ausgetrocknetes Land. Mit einem dicken Holzpfahl jagte er fliegende Fische, die er anschließend in einem riesigen Kessel kochte und mir ins dunkle Verließ warf, in dem es von hungrigen rotäugigen Ratten und ekligen Spinnen nur so wimmelte*.
Als ich meine Augen öffnete, sehr erleichtert feststellte, wo ich mich befand, lächelte mich außer der Sonne auch noch Wendy an. Die Mädchen waren bereits mit Holz anschleppen und Wasser tragen beschäftigt. So verwunderte es mich auch nicht, als Wendy mir mit vor Freude strahlender Mine „Frühstück ist fertig." entgegen rief.
Nach einem zugegebenermaßen, ebenso lekkeren wie ausgiebigen Morgenmahl, machten sich Wendy und Natalie wortlos daran, das Geschirr aufzuräumen. Während Andrea die Feuerstelle erstickte und mit Steinen bedeckte. Sie sicherte, damit der Wind sie nicht erneut entfachen konnte.
Wir Jungs indessen *beschäftigten* uns damit, die beiden Zelte mit Ästen und Tannenzweigen zu tarnen. Ebenfalls gegen Wind und Sturm abzusichern.
Trotz des vorherrschenden wunderschönen

Witterung.
Man weiß ja nie – und überhaupt – *man* ist schließlich Fachmann ein geübter Wölfling ein Späher und ein *Zivilist*!
Hier stellten wir Jungs uns geschickter an, als beim Aufbau unserer Behausung. Beruhigt stellten wir fest, der Lagerplatz zeigte sich bestens getarnt. Unterschied sich kaum mehr von dem ihn umgebenden Dickicht.
Frohgelaunt marschierten wir drauflos ... in ein uns unbekanntes Waldstück.
Ausgerüstet mit der Karte, auf der unser Ziel mit einem dicken roten Kreuz markiert und blau eingekreist war.

Mittags machten wir auf einer Anhöhe Rast.
Wohin unser Blick auch wanderte, zu sehen gab es oben einen ebenso endlosen blauen Himmel wie um uns herum, einen endlos und undurchdringlich scheinenden Wald.
Lediglich am Horizont, ich *riet* es möge Westen sein, zogen wunderschöne weiße Wolken auf, türmten sich zusehends zu mächtigen Gebilden.
Rücken an Rücken sitzend spielten wir *Figuren raten*. In den makellos weißen Wolken erkannten wir Elefanten genauso wie weidende Kühe, zwei Zwerge, unsere

Mathelehrerin und Hühner. Die Mädchen ihrerseits schienen noch andere, mir nicht ganz so witzig erscheinende Dinge zu erkennen. So wie grade eben Natalie zum Himmel zeigte, uns ansah und anschließend übermütig lachte.

Eine heftige, nach frischem Heu duftende Windböe blies mir ins Gesicht. raubte mir für Sekunden den Atem. Spielte mit den Wolken, die mittlerweile die Form eines Amboß angenommen hatten. Die anderen stimmten mir zu, als wir uns erschöpfend darüber unterhielten, was *Amboßwolken* an sich und im allgemeinen versprachen und im besonderen mit sich brachten.

Nämlich ein heftiges Gewitter.

Das erklärte uns der Geolehrer erst in der vergangenen Woche ausführlich.

Und überhaupt ... als Wölfling *weiß man so etwas, man kennt ja schließlich* die Natur, ist eins geworden mit ihr!

Wir beschlossen also aufbrechen umkehren. Wir waren einer Meinung.

!

Auf dem Rückweg verspürte wurde mir plötzlich mulmig. In mir kam jenes widerliche Gefühl hoch, den falschen Weg gewählt zu haben. Sollte ich das als Gruppenführer vor meinen *Leuten* eingestehen, ohne Schaden an meinem Ruf zu erleiden.

Selbst als *Mann* mit elf Jahren besaß man so etwas wie Stolz.
Oder grade da!
Am schüchternen Beginn seiner glanzvollen Karriere als Wald und Wiesenkenner!
Somit galt für mich oberste Priorität. Auf keinen Fall irgend etwas eingestehen oder sich anmerken lassen. Deshalb gab ich mich sicher. So als kannte ich blindlings den Weg zurück ins Lager. Verstohlen waren meine Blicke dennoch, die andauernd nach irgendwelchen markanten Punkten suchten, welche ich mir auf dem Weg hierher eingeprägt hätte.
So sehr ich mich auch anstrengte, es fand sich kein sicherer Hinweis.
Unterdessen wuchs die Wolkenfront nicht nur bedrohlich an, aus dem leichten nach frischem Heu duftenden Windhauch wurde zusehends ein nach gewaltigem Donnerwetter riechender, starker Wind. Während ich so in Gedanken versunken dem Ende meiner grad aufblühenden Karriere entgegen trauerte, zog unversehens Wendy an mir vorüber.
Schenkte mir einen kurzen Blick, marschierte sicheren Schrittes voran.
Was war es, das da soeben in ihren Augen blitzte, als sie mich ansah?
Hatte sie mich durchschaut?
Ahnte das Mädchen, dass ich drauf und dran

war, mich für den Rest meines Lebens vor dieser Gruppe, den Gruppenführern, den Pfadis dieser Welt unsterblich zu blamieren?
War es Schadenfreude?
Von den Mädchen wie von den Jungs sprach niemand. Stumm folgte die Gruppe Wendy. Selbst ich. Wenn auch unter massivem Widerstand und innerem Protest. Das Mädchen gab sich so sicher, als wäre dies ein Rundgang durch ihren Vorgarten. Obwohl früh am Nachmittag, wurde es schnell dunkler. Scharfe Windböen pfiffen uns mittlerweile mit beängstigender Stärke um die Ohren. Raubten nicht nur mir und den anderen den Atem, raubten Alex seinen Hut, Andrea das Haarband. So wie ich mich um die Gruppe sorgte, fragte ich mich ebenfalls andauernd, ob unsere Zelte diesem Sturm standhalten wohl würden. In der Bewertung unserer Leistungen gab es auch dafür Punkte.
Nur ungern gestand ich mir ein, Wendy ein klein wenig, versteht sich zu bewundern.
Kannte den Weg genauso wenig wie ich, aber marschierte Ziel sicheren Schrittes drauflos. Robby als Gast somit ranglos und dem Späher Alex schien es nichts auszumachen, einem Guide zu folgen.
Was war das eben?
Ein dicker Regentropfen klatschte auf meine Nase. Verteilte sich gleichzeitig in beide

Augen. Dann noch einer. Schon konnte ich sie nicht mehr zu zählen. Je mehr da vom Nacht dunklen Himmel durch die Tannen fielen, desto schlimmer sah es in mir aus.
Hatte ich doch darauf vergessen, die Regenhäute einzupacken.
Ups – beinahe wäre ich mit Wendy zusammengekracht. Da stand sie vor mir. Hinderte mich am weitergehen. Gab sich geheimnisvoll. Zwinkerte mir zu von den anderen sollte es anscheinend keiner mit bekommen in ihren Rucksack zu schauen.
Regenhäute!
Was sollte das?
Wollte das Mädchen mich fertig machen?
Mir meinen heiß ersehnten Titel abluchsen?
Meinen Aufstieg verhindern?
Wie auch immer, in diesem schicksalsschweren Augenblick waren alle aus der Gruppe, besonders ich aus sicherlich verständlichen Gründen, heilfroh darüber, einen Schutz gegen den mittlerweile erbarmungslos vom Himmel prasselnden Regen zu bekommen.
Erschrocken fuhren wir zusammen, als es aufeinmal Tag hell war und Sekunden später Ohren betäubend krachte.
Wie lange mochte es wohl noch dauern, bis das Gewitter uns einholte?
Wie lange mochte es noch dauern, bis wir unser sicheres Lager erreichten?

Eine Äußerung in diese Richtung verkniff ich mir. Hoffte schwitzend und frierend, es möge sich auch niemand aus der Gruppe danach erkundigen. Hatte zugegebenermaßen nämlich nicht den geringsten Schimmer, wo wir uns befanden. Wo unser Zelt stand, wenn es noch stand. Wie weit es bis zum Outdoor Camp sein mochte. Scheinbar grundlos rannte Wendy los. Ihr folgte Natalie und dann der Rest. Ich spürte, wie Äste und Tannenzweige mir schmerzhaft ins Gesicht klatschten. Den Kopfteil meiner Regenhaut herunterrissen. Tatenlos mußte ich zusehen, wie Robby stolperte und in einem Rinnsal landete. Sich aus dem Schlamm kämpfte. Sogleich tapfer weiter rannte.
Schien ihm auch noch Spaß zu bereiten. Er lachte über sein Mißgeschick. Zuckend gleißte hinter meinem Rücken Lichte auf. Ich konnte es genauso spüren, wie das beinahe gleichzeitig folgende Getöse des Donners. Der weiche von Blättern, Ästen übersäte Waldboden erzitterte ebenso wie meine ganze Gruppe.
Erschrocken drehten wir uns um.
Was wir zu sehen bekamen, war genauso schön, atemberaubend neu, wie erschreckend und ließ uns erschauern. Zum ersten Mal in unser aller Leben wurden wir Augenzeuge eines Blitzeinschlages. Der obe-

re Teil einer hohen dünnen Tanne stand in Flammen. Krachte zu Boden. Dem Stamm entlang zog sich ein dünner brennender Faden von oben nach unten. An der abgebrochenen Spitze loderte derweil ein munteres Feuerchen.
Wie eine Kerze, an der das Wachs herunter rinnt.
Der Brand währte allerdings nur kurz. Der starke Regen löschte ihn bald schon.
Mittlerweile war es Nacht finster.

Wie weit noch?

Abermals ein Blitz, diesmal direkt vor uns. Auf Augenhöhe !
Überraschenderweise kein Donner.
Gleich darauf noch einer ! Nur dieser wackelte so seltsam ?!
Plötzlich zuckten vor uns unzählige kleine Blitze.

Träume ich?

Wunderte mich schon etwas, wie seltsam und rhythmisch die wackelten.
Erst kürzlich erklärte uns die Lehrerin im Physikunterricht das Phänomen der Kugelblitze. Nur wären die recht selten.

Traten niemals so zahlreich auf.
Erzeugten Angst und die Sorge um meine Gruppe bei mir Halluzinationen ?
Kleine Blitze.
Dazwischen größere.
Einige heller als die anderen.
Sie *kamen* unaufhaltsam näher.
Was war das?
War es schon einen Wunder, einen dieser Blitze in Form von leuchtenden Kugeln zu Gesicht zu bekommen, was für ein besonderes Glück hatten wir, durften wir mit eigenen Augen Kugelblitze ... *bekleidet mit Regenschutz ?* ... sehen.
Eine in olivgrüne Regenhäute gehüllte Menschenmenge schälte sich aus der Dunkelheit. Blendete uns mit Taschenlampen in die Augen. Mein Herz schlug augenblicklich in bisher unbekannten Höhen. In den vermummten Gestalten erkannte lachende Wichtel, Wölflinge, Guides und Späher. Sogar zwei Caravelles und ein Ranger befanden sich darunter.
Ein, wie mir schien, erleichtert aufatmender Gruppenführer und ein erst besorgt drein blickender, dann jedoch vor Freude strahlender Feldmeister.
„Da seid ihr ja! Dem Himmel samt all seinen Engeln sei's gedankt. Haben uns mächtige Sorgen gemacht euretwegen."

„ Aber mächtig mächtige.“ bestätigte der Feldmeister des Gruppenführers Aussage.
Ich bemerkte, wie sich Wendy hinter mir verkroch. Wunderte mich etwas. Hatte sie doch die ganze Zeit über, meine mir anvertraute Gruppe angeführt. Sie mit mehr als sicherem Instinkt hierher geleitet. Mit einer Gänsehaut am ganzen Körper stellte ich nämlich soeben fest – nicht die Pfadis hatten uns gefunden – nein!
Die hatten hier nur gewartet.
Wir befanden uns nämlich neben unseren, vom Wind der Tarnung beraubten, Zelten!
Warum aber stand das Mädchen jetzt hinter mir?
Damals erkannte ich *die wahre Symbolik* dieser Situation noch nicht.
Der Gruppenführer schaute erst die völlig durchnäßte, vor Kälte schlotternde Gruppe an. Dann mich. Nickte mir mit ernster Mine zu :
„ Sowie ihr wieder trocken seid, meldet euch bei mir. Ab jetzt mit euch ins Lager.“
Er blickte mich ernsten Auges an, sich dem Feldmeister zuwendend, schmunzelte er. Für mich schien alles aus. War ich mir doch sicher, der mache anschließend eine Befragung. Wollte bestimmt haarklein erfahren, wie die Tour verlaufen war.
Allesamt marschierten wir los. In Richtung

warmen, vor allem trockenen Lager.
Wendy hielt mich an der Regenhaut zurück. Sah erst mich an. Dann, an den Gruppenführer gewandt, sagte sie :
„ Es regnet sooo stark und der Wind ist kalt, *Rover* Peter. Du verstehts sicher, daß wir uns erst umziehen wollen und etwas wärmen. Darum bitte ich Dich, laß uns den Rapport auf morgen verschieben. Einen Kurzbericht aber : verzeih mir, wenn ich für alle spreche und sage, dass diese Tour sehr lehrreich für uns war und wir nur durch diesen Wölfling .... " wobei sie auf ein zitterndes Nervenbündel mit Tomaten rotem Kopf auf mich zeigte, „ ... sicher ans Etappenziel und wieder zurück gefunden haben. Wir haben uns in keiner Minute gesorgt oder uns in Angstzuständen befunden."
Nicht nur der Frosch, der sich vor wenigen Sekunden in meinen Hals eingenistet hatte, fragte sich, woher Wendy so kluge Worte kannte. Der Gruppenführer musterte mich bewundernd. Nickte kurz und ... dann kam das für mich blamabelste. Jemand klatschte kräftig in die Hände. Daraufhin ein anderer Scout. Schließlich spendet mir die vollzählig versammelte Gruppe tosenden Applaus. Kein einziges Mauseloch weit und breit, in dem ich mich hätte verkriechen können.
Wendy setzte noch einen drauf, als sie als mir

ihren Kompass in die Hand drückte.
Zwinkerte mir verschmitzt zu. Niemand bekam es mit !
„Gut, gehen wir ins Gemeinschaftszelt, schauen wir dazu, ins Trockene zu gelangen, auf geht's Alt –und Jungpfadis, auf, auf !!"
Gegen den Befehl des Feldmeisters war keinerlei Einwand zu hören.
Im Gegenteil.
Mit Kampfesgeschrei stürmten wir das große Zelt, umgeben von den kleinen der anderen Gruppen. Wendy schaute nicht mehr zu mir zurück.
Ich dankte Gott dafür.

Blickte nämlich zutiefst beschämt zu Boden.

Juli 2003

Niemals verlor Wendy irgend jemandem gegenüber auch nur eine einzige Silbe darüber, wie sie mit beinahe übersinnlichem Instinkt die Gruppe vor einem Blitzschlag rettete, mir die Regenhäute zuschob, den sicheren Weg ins Lager fand.
Mich nicht nur vor einer Riesenblamage rettete, sondern vielmehr mir den Weg nach vorne ebnete. Sie zeigte sich als guter Kumpel. wäre eindeutig der geeignetere Gruppenleiter gewesen.
Völlig im Gegensatz zu mir!!!
In dieser Sekunde sah ich das Mädchen in einem gänzlich anderen Licht. Taten mir meine Gedanken und Handlungen ihr gegenüber mehr als leid. Entschuldigte ich mich tausende Male in Gedanken bei ihr.

Selbst heute noch denke ich öfters an diese Tage des Sommer im Jahre 1972 zurück.
Speziell dann, wenn ich mit Laura und Cathy, meinen Töchtern, ausgedehnte Waldspaziergänge mache. Ihnen dabei aus meiner Pfadizeit vorschwärme.
Diese Episode hingegen, verändere ich dahingehend, daß nicht ich, sondern Wendy jedesmal die Patrulle erfolgreich anführt und nach Hause geleitet.

Noch im darauffolgenden Spätherbst des Jahres 1972, es mochte bereits auf Weihnachten gehen, zog Wendy mit ihren Eltern in eine weit entfernte Stadt. Wir hielten Briefkontakt, so wie sie mir es *angedroht* hatte. Selbstverständlich habe ich jeden ihrer Briefe umgehend beantwortet.
Dreimal noch einmal im darauf folgenden Sommer und danach drei Jahre später, zur Weihnachtszeit, schrieb sie mir überaus liebe Worte. Darunter auch jene für mich äußerst denkwürdigen Zeilen, in denen zu lesen stand ...

" ... solltest du noch wissen, ich danke Gott dafür, Dich kennengelernt zu haben.
Für mich, die ich aus wohlgeordneten Verhältnissen stamme, so wie du auch, und zudem in eine gut betuchte Familie hineingeboren wurde, schmerzte es sehr, mit ansehen zu müssen, wie man behütet aufwachsen kann.
Du weißt, mir fehlte es an nichts. Ich mußte nur einen Wunsch äußern und schon wurde er erfüllt. Du mußtest Dir alles selbst erarbeiten. Hattest den Ehrgeiz, als Wölfling hinter uns gleichaltrigen Pfadis herzuziehen, um es schlußendlich bis zum angesehenen Rover zu schaffen. Wurdest dabei Rat und Tatkräftig von deinen Eltern und Freunden unterstützt.

Ich aber hatte niemandem.
Das erzählte ich es auch keinem.

Mitleid in der Seele zu spüren, ist schlimmer als körperlich verletzt zu werden.
Wunden heilen bald schon.
Mitleid hingegen gedeiht zur Schande.
Zu meinem einzigen und wirklichen Freund zählte ich nur Dich.

Darum schummelte ich, wenn ich mir bei deiner Mutter Schulhefte von Dir ausborgte oder so tat, als wäre mein Lineal zerbrochen. Wie oft wünschte ich mir, sie hätte mich ins Haus gebeten. Du wärest da und wir beide würden zusammen spielen oder uns nun mit deinen Eltern über Gott und seine schöne Welt unterhalten.

So, wie ich dies durch zahlreiche Lücken in der Hecke, die ich selbst gemacht hatte, oftmals beobachten konnte. Immer dann, wenn deine Familie abends gemütlich beim grillen zusammensaß. Deine Mutter Dich liebevoll in den Arm nahm, wenn du müde warst, dein Kummer zu groß wurde und wo du meistens selig eingeschlafen bist.
Deine Schwestern mit Dir verstecken spielten.
Ihr spätabends gemeinsam das Haus betratet

und sich alsbald die Rollos verschlossen und euch und eure idyllische Gemeinschaft vor der kalten Nacht beschützten.

Wie oft hatte ich Tränen in den Augen, wenn ich bei uns im Wohnzimmer die schweren Vorhänge vorschob. Mich auf das leere schwere Sofa setzte und meine Puppe in den Arm nahm. Das Dienstmädchen sich pflichtgemäß erkundigte, ob ich noch einen Wunsch hätte! Wenn ich wußte, meine Mutter kommt am Freitag Mittag von der Geschäftsreise und mein Vater erst in zwei Wochen.

Ich schäme mich im Nachhinein. Hoffe, du hast mich deswegen nicht gehaßt,
niemals geglaubt, ich sei in Dich verliebt gewesen, meiner für Dich bestimmt unverständlichen Handlungen wegen und meines Gehabes und wenn ich bei Dir zuhause unangemeldet aufkreuzte.

Alles was ich wollte war, dazuzugehören.

Ein Mitglied deiner Familie zu sein. Wohlbehütet und geliebt werden. Du hast mir unbewußt damit geholfen, weil es Dich gibt. So konnte ich in eine heile Welt der Phantasie flüchten, mir vorstellen wie ich das Leben in deiner Familie miterlebe, ein Teil davon bin. Viele kalte Tage wurde erhellt vom warmen Licht meiner Vorstellungen.

Glaube nun ja nicht, ich hätte Dich damals, als du den Waldlauf von vorne bis hinten verpatzt hast, nur *darum* aus der Patsche gezogen. An diesem Tag hast du lediglich meinen wahren Charakter kennengelernt. Ich gebe ohne zu fragen oder etwas zu erwarten. Zu Hause lernte ich nur Kälte kennen und wunderte mich bereits in frühen Kindertagen darüber, daß ich fähig war Wärme und Liebe weiter zu geben.
Vor wenigen Wochen erst wurde mir bewußt, wie sehr ich Dir mit meinem Verhalten auf die Nerven gegangen sein mußte.

Sei mir bitte nicht allzuböse.

Steckte weder Arglist oder Absicht dahinter.
Du weißt nun, warum ich so handelte.
Verliebt war ich nicht in Dich aber ich habe Dich geliebt.
So, wie man einen Bruder liebt.

Alles was ich wollte war, deine Schwester zu

sein .... "

Im letzten Brief, den ich wiederum zu Weihnachten, vor zwei Jahren, von Wendy erhielt, dem sie ein Foto beigelegt hatte, erfuhr ich, sie ist mittlerweile verheiratet, hat zwei bezaubernde Kinder. Zwillingsmädchen. Mandy und Kim. Stolze Girlscouts.
Sie selbst habe ihr Ziel fast geschafft, schrieb sie. Nicht als Tierärztin, sondern Doktor der Medizin habe sie promoviert. Als Ausgleich zu ihrem anstrengenden Beruf, gebe sie einmal die Woche Balletunterricht.

Schade eigentlich – Wendy wäre eine Bereicherung für den Pfadinachwuchs geworden. Eine ausgezeichnete Ausbilderin.

Ein guter Kumpel war sie schon immer!

In den ich verliebt war.

Ein herzliches

- GOTT MIT EUCH -
AUF DEN NOCH UNERFORSCHTEN WEGEN

richte ich an alle Scouts dieser Welt. Besonders viel Spaß bei diesem nicht alltäglichen **Jamboree 2007** in Chelmsford.

Mögen die nächsten 100 Jahre ebenso erfolgreich sein !

... zu deinen Füßen.

...träumen mit den Sternen.

catch the wind, Jack

Eine Geschichte aus Irland

Der feste Glaube an die Phantasie ist die Saat , die Realität die Ernte .

NORDIRLAND , UM 1900
Llewghster nGhara, Donegal Countie

Jack O`Malley ist seit langem dafür bekannt, dass er immer da ist, wenn jemand *etwas braucht*. Ob nun die altehrwürdige Maggíe O`Toole frische Milch für ihre Katzen benötigt oder dem Bauern Zagh Cardihgan die Sense zu stumpf geworden ist und sie deshalb zum Schmied muß Jack ist zur Stelle.
Nun eigentlich nichts außergewöhnliches könnte man denken. Hilfsbereite Menschen gibt es überall auf der Welt. Nur Jack O`Malley ist gerade mal zehn Jahre alt.
Auch das gibt es hilfsbereite Menschen in diesem Alter.
Jack O`Malley jedoch ist etwas Besonderes : er ist nämlich bereits dann zur Stelle, wenn er noch gar nicht um Hilfe gebeten wurde. Der Junge hat eine ganz besondere Gabe vom Herrgott auf seine Lebensreise mitbekommen.
Er ahnt die Gedanken der Menschen. Erzählt es aber keiner Seele, weil damals, als er sich leichtsinnigerweise dem andauernd betrunkenen Gregg Halihgan anvertraute, machte der sich anschließend lautstark über Jack lustig. Seither meidet der Junge Gregg und be-

hält sein Geheimnis für sich.

In zerschlissener Latzjeans, dem alten Unterhemd gekleidet, so schlendert er dem einige Kilometer entfernten Dorf zu. Llewghster nGhara, ein verschlafener, armseliger Landstrich im Norden Irlands in dem eine bescheidene Zahl an Menschen ansässig ist.
Die, die tatsächlich hier *leben*, begnügen sich mit dem, was ihnen die karge Landschaft die von ihnen bearbeiteten Äcker und Felder im Herbst geben. Von dem, was aus der Aufzucht und dem Verkauf der Rinder bleibt und dem was die Hühner an Eiern bescheren, den Produkten, welche die Bauern daraus herstellen. Der würzigen Butter zum Beispiel, dem milden Käse aus der dünnen Milch der zu großer Zahl im niederen Gras des Hochlandes weidenden Schafe.
Vergessen wir niemals die zahllosen wilden Hasen, die sich dem Jäger vor die Flinte werfen, ihr Leben freiwillig dafür opfern, nur um aus dieser Gegend verschwinden zu können.
Letzteres stellte Doyle MacFannihgan, der Dorfvorsteher selbst, kürzlich auf der Geburtstagsparty der alten ehrwürdigen englischen Lady Donna Miller fest. Dafür erntete er ohrenbetäubenden Applaus. Sowie einige böse Blicke der honorigen Bürger.

Jack hatte teilnahmslos daneben gestanden und sich die Gesichter der Anwesenden genauest angesehen. Das macht er mit besonderer Vorliebe bei solchen Gelegenheiten und überaus interessant findet er es, ist einmal das gesamte Dorf versammelt.
Wenn sich da die einen, die niemals trinken mit denen, die andauernd eine kleine Menge an Alkohol *mit sich herumtragen*, zusammentun, gibt es die tollsten Episoden zu beobachten. *Man* redet dann noch lange von solchen Festen. Sofern einem die Erinnerung anderntags nicht im Stich läßt, angesichts des meist reichlichen und für einige ungewohnten Alkoholgenußes.

Die verwilderte Rote von Seamas dem Bäcker jagt einer vor ihr gerade auffliegenden Drossel hinterher. Diese schimpft dabei wild und der Kater flüchtet sich ins Gebüsch, da der erzürnte Vogel seinerseits gegen die, ihn jagende, Katze heftigst zu attackieren beginnt. Jack schmunzelt, kümmert sich nicht weiter um die beiden, bleibt kurz stehen und reibt sein Bein, das ihm heute besondere Schmerzen bereitet.
Im Alter von drei Jahren wurde er von einem beladenen Mistkarren überrollt. Seither lebt er mit einem verkrüppelten Bein.
Dort wo andere Menschen einen rechten Fuß

besitzen, schnitzte ihm sein Freund, der Schuster, eine Wurzel der Eiche so zurecht, dass ein jeder glauben könnte, Jack gehe auf zwei gesunden Füßen. Alle zwei Jahre erneuert der Schuster dem Jungen seinen Fuß aus diesem Holz. Nur für ihn liegt der alte Wurzelstock hinten im Lager der Schusterei.
Bisher gab es niemals Probleme damit, in letzter Zeit jedoch bemerkt Jack des öfteren, wie ihm der Holzstock in den Beinstumpen drückt.
Das wundert ihn sehr und macht ihm Angst.
An der Stelle wo sein Beinstummel und der Holzfuß aufeinandertreffen, dort verspürt er seit kurzem diese Schmerzen. Jack zieht seine zerschlissene Hose hoch und entdeckt mit Entsetzen, dass sein Bein blutet.
Zu seiner Verwunderung erkennt er, dass nur wenig Blut den Fuß herab rinnt.
Das Holz saugt es auf. Grad scheint es ihm, als dürfe kein Tropfen verloren gehen.
Jack humpelt weiter. Überlegt welche Arbeiten heute noch anstehen, wem er seine Dienste angeboten hatte.
Angesicht der Schmerzen jedoch, so überlegt er, wäre es eventuell klüger, sich ein bißchen auszuruhen und abzuwarten, bis er wieder gut zu Fuß ist.
Aber nein ! – meldet sich des Jungen Pflichtgefühl *ich hab's versprochen und die*

Leute warten auf mich. Sie verlassen sich darauf, dass ich kommen werde.

Also komme ich auch.
„Na Kleiner, wieder einmal keine Lust auf den Unterricht heute, was ?“ hört Jack eine spöttische Stimme hinter sich, während er sein Hosenbein vorsichtig nach unten streicht und sich Schmerz verzerrten Gesichtes aufrichtet.
Flint O`Harragh lacht bei seiner Feststellung genauso dreckig, wie er gekleidet ist.
Auf seinem alten Mistkarren transportiert er übelriechende Jauche. Die bei jeder Bewegung des vorgespannten alten Kleppers mit glucksenden Lauten im ovalen Eichenfaß hin und herschwabbt. Jack zuckt gleichmütig mit den Schultern und der alte Bauer lacht, nimmt einen kräftigen Schluck aus der Flasche, die er zwischen seinen Beinen, auf dem Kutschbock sitzend platziert hat, und die bei Bedarf sofort zur Verfügung steht. Jack blickt der gebeugten Gestalt lange nach, zuckt nochmals mit seinen Schultern und geht dann auch weiter. Von dieser Anhöhe aus kann man das kleine Dorf Llewghster nGhara wunderbar überblicken.
Verschlafen liegt es dennoch idyllisch hinter einem kleinen Wäldchen, das sich mehr lang

als breit darbietet, gleich neben dem kreisrunden See, den die einheimischen *Lough Llimloggh* nennen.
„Diesen Hügel muß ich noch runter, durch diesen Wald und schon bin ich dort.“ tröstet sich Jack, hält sich bei Laune während er genüßlich die frische Morgenluft atmet.
Er spricht sehr oft, wenn er unterwegs ist. Das gibt ihm das Gefühl, nicht alleine zu sein. Antwort *erwartet* er ohnehin keine, da selbst dann, wenn er mit jemandem spricht kaum Antworten erhält. Der Menschenschlag dieser Gegend gibt sich stets mürrisch und redet nicht gerne. Man muß sie gut kennen, die Leute vom Hochland, um mit ihnen auch nur annähernd klar zu kommen.
Seit dem Tod seiner Eltern vor vier Jahren, lebt Jack auf dem Bauernhof der Familie Perli?ham, vier Kilometer von Llewghster nGhara entfernt. Er hat es sich zur Angewohnheit gemacht, seinen Pflegeeltern nicht zur Last zu fallen und deshalb arbeiten zu gehen.
Jack nennt seine Tätigkeit zwar so, die jedoch bereits zu Beginn sowie auch jetzt noch eine freiwillige Sache darstellt. Dem Jungen Spaß macht. Für die er hin und wieder eine Belohnung erhält.
Ein paar frische Eier. Mitunter ein Stück abgehangenen Specks vom Hochlandrind oder ei-

ne Flasche Himbeersirup, den er so liebt. Maggie Ni O`Toole lächelt ihn dabei jedes Mal warmherzig an, sowie sie ihm die bauchige Flasche mit dem roten Saft überreicht. Völlig anders hingegen der bärbeißige Cardihgan, der stur die Ansicht vertritt, Kinder *hätten* zu arbeiten, um die ohnehin geplagten Eltern damit zu unterstützen.

Also gibt er ihm, wenn auch recht selten, nach getaner Arbeit eine Flasche dieses edlen, goldfarbenen Whiskeys auf den Nachhauseweg mit. Zagh Cardihgan droht dem Jungen dabei auch jedesmal mit seinem Zeigefinger und sieht Jack aus trüben Augen an, unter denen, vom Alkohol rotblaue, aufgequollene Tränensäcke in absehbarer Zeit, die Sicht behindern.
„Gib es auf jeden Fall Kester Morgan ..." beginnt er stets aufs Neue seine belehrende und Jack längst in Mark und Bein übergegangene Rede, schneuzt sich dabei auf ekelerregende Art und Weise.
Meist nach dem zum Ritual erhobenen, lange Minuten anhaltenden Hustenanfall, bei dem sein Gesicht die dunkelrote Farbe seiner Scheune annimmt und seine Augen fast aus ihren Höhlen zu quellen drohen, spricht er dann mit heisere Stimme weiter : „ .... dei-

nem sehr um dich besorgten Pflegevater .... trink's ja nicht selbst, hörst du ?"
Jack blickt jedesmal zu Boden, was bei Zagh Cardihgan ein Gefühl der Ehrfurcht ihm gegenüber erweckt. Für Jack hingegen stellt es eine Art der Selbstverteidigung dar, den stark nach Alkohol und faulenden Zähnen riechenden Atem des alten Bauern nicht einatmen zu müssen.

Die Morgensonne erwärmt den kleinen Körper des Jungen und sein manchmal schweres Gemüt. Er reckt und streckt seine Glieder, die Arme weit von sich, gähnt dabei herzhaft.
Die Blätter der wunderschönen Buche, die neben der kleinen Holzbank oben auf der Anhöhe seit mehr als neunhundert Jahren blüht und prächtig gedeiht, erstrahlen goldgelb im unvergleichlichen Blau der Himmels. Die Sonne befindet sich, vom Standpunkt des Jungen gesehen, genau hinter der Buche, was den nicht nur Baum übermächtig, sondern zudem von innen heraus leuchtend erscheinen läßt. Jack verspürt ein seltsam warmes Gefühl in der Brust. Kann sich kaum satt sehen an der Schönheit dieses Bildes.
Aber ich muß weiter.

Weiß er nur zu genau - die junge Máire* Ní Dougherdy will heute ins Nachbardorf und benötigt jemanden, der zu ihrem kranken kleinen Sohn schauen soll. In einer Stunde will Máire den Schankwirt Brian Mac Hollistaera, um Hilfe bitten, doch sie scheut davor, weil er ihr des öfteren nachstellt, nur außer ihm weiß sie keine Hilfe.
Zudem ist Mac Hollistaera gleichzeitig so etwas wie ein Doktor. In Llewghster nGhara gibt es keinen richtigen Mediziner. So erscheint in unregelmäßigen Abständen von ein bis zweimal im Monat der in Ghloggabridge nDurunum, dem zwanzig Kilometer entfernten Nachbardorf ansässige Doktor, um sich in Llewghster nGhara der gesundheitlichen Problemen und medizinischen Versorgung der Menschen anzunehmen.
In den Tagen dazwischen stellt Mac Hollistaera eine Art Aushilfsarzt. Dies deshalb, weil er konnte nämlich sein Studium niemals beenden. Der Alkohol und Geldsorgen und wiederum der Alkohol schafften es, aus seinem Leben eine Teufelsschleife zu machen.
Jack weiß, dass Máire seine Hilfe nur allzu

*Anglisiert und ausgesprochen = Máire = Moir´a = Marie, Brian Mac Hollistaera > Brian Mc Hollister,

gerne annehmen wird und er ist sich auch darüber im klaren, bei Mac Hollistaera einen gewissen Argwohn hervorzurufen, der sich dahingehend äußern könnte, dass Mac Hollistaera Jack bei der erstbesten Gelegenheit den Hintern stramm zieht, für die entgangene Chance, die der Wirt sich bei Máire ausgerechnet hatte.
„Auskommen *werde ich ihm diesmal* nicht .... eines Tages jedoch, da renne ich ihm davon ... man muß es nur fest wollen ... ganz fest.“ flüstert Jack vor sich hin, ballt dabei seine rechte Hand zur Faust. Den Stecken, den er stets als Gehhilfe benutzt, dreht er um, legt einen kleinen Stein vor seine Füße, tritt eine halbe Schrittlänge zurück. Behutsam läßt er das abgerundete Stockende an den Stein herangleiten. Das wiederholt er noch zweimal und holt anschließend zu einem, seiner Meinung nach, mächtigen Schlag aus. Zahllose Kieselsteine fliegen mit und Staub wirbelt auf, aber der Stein ist weg.
Jack versucht, ihn ausfindig zu machen. Er kann ihn nicht mehr sehen.
Was er jedoch *hört*, läßt ihn erschauern.
Ein Schrei !
Aus der Richtung, von der Jack annimmt, der Stein könnte dort gelandet sein, gellt ein markerschütternder Schrei.

Oooooooh Heiliger Pádraig, was habe ich bloß angerichtet* !
Wem habe ich wehgetan ?
Ich muß sofort hinunter um nachzusehen ....!
Dabei bewegt er seine Lippen tonlos und humpelt eiligst dem Waldesrand zu.
Entdecken kann er zu seiner Erleichterung vorerst niemanden.
Der Schrei aber war eindeutig menschlich. Kein Tier schreit so ....
Und Bäume ? Können Bäume schreien, wenn man ihnen wehtut ?
Nein nur klebriges Harz rinnt heraus, ritze ich meinen Namen in ihre weiche Rinde schreibt, weiß Jack aus langjähriger Erfahrung. Und er kennt die Blutbuchen, weiß zwar nicht warum sie so heißen, schreien tun die jedoch keinesfalls.
Trauerweiden ?.....
Die trauern auch leise vor sich hin.
Also doch ein Mensch.
So schnell er nur humpeln kann, humpelt Jack dem Walde zu.

*Anglisiert = HEILIGER PÁDRAIG (ausgesprochen Po´räg) > ST.PATRICK ist der Landespatron Irlands

Dort angekommen tastet sich der Junge durch das niedere, jedoch undurchdringlich scheinende Dickicht und befindet sich mit einemmal auf einer kreisrunden Lichtung.
Wiederum verspürt er diese seltsame Wärme wie bereits vorhin auf der Anhöhe, beim Anblick der wunderschönen Buche auf dem Hügel. Was der kleinen Junge da erblickt, raubt ihm für wenige Augenblicke seinen Atem.
Im hellen Schein der Sonne, die goldgelb zwischen den, vom Tau nassen, Blättern hindurch blinzelt und Schwaden des Nebels lautlos gleiten, alles um ihn herum in eine unwirkliche, wunderschöne, märchenhafte Umgebung verzaubern, schlägt der Kuckuck zum Morgengruß an und ein einsamer Specht antwortet mit eifrigem Gehämmer seines Schnabels. Schwärme von Mücken tanzen im Rhythmus vergnügten Vogelgezwitschers.
Staunend, mit weit geöffnetem Mund gleich der Forelle beim Abendmahl im Erinogh Tümpel, blickt Jack um sich, vergißt dabei völlig, was eigentlich er hier gewollt hatte.
„Hey .. Junge .. hey duuu !!“ mischt eine krächzende Stimme in seinen Tagtraum mit und reißt ihn brutal in die Realität zurück.
Erschrocken fährt er herum und entdeckt sogleich eine hagere Gestalt mit krummen

Rücken. Beinahe so groß wie er selbst. Gehüllt in bunte Fetzen, ein prächtiger Rabe mit blau und grün schimmerndem Gefieder sitzt auf ihrer linken Schulter und sie selbst hält sich, genau wie Jack, mit einem Stock aufrecht.
So sieht wohl eine Hexe aus einem Märchen aus. Denkt sich Jack. Furcht verspürt er keine. Es wundert lediglich, ihre Gedanken nicht erahnen zu können, stört ihn weiters nicht sonderlich. Bei genauer Betrachtung erkennt der Junge in der vermummten Gestalt eine alte Frau und fühlt Vertrauenswürdigkeit von ihr ausgehen.
Wie der Rabe ihn, beobachtet Jack mit wachsamen Augen jeden ihrer vorsichtigen kurz gewählten Schritte, als sie sich ihm nähert. Mit dem langen Wurzelstock holt das Weiblein dabei jedesmal weit aus und setzt ihn vorsichtig zwischen die vielen Äste und Wurzeln, die den Waldboden bedecken, bevor es mit den Beinen nachsetzt. Im nächsten Augenblick bleibt die für Jack unwirkliche Gestalt mit ihrer Fetzenkleidung hängen, flucht dabei fürchterlich mit ihrer Fistelstimme und dies in einer Sprache, die Jack nicht gänzlich unbekannt ist. Denkt er doch, das müsse Gaelge* sein, weil auch sein Großvater Zeit deines Lebens so gesprochen hatte, der leider ein Jahr vor seinen

Eltern in die Ewigkeit abberufen wurde.
Endlich erreicht die gekrümmte Gestalt den Jungen. Sie mustert ihn ausgiebig aus alten, aber sehr wachen Augen. Wie selbstverständlich nimmt sie Jacks rechte Hand, tastet sie ab, was der Junge ohne weiteres geschehen läßt.
„Was treibst du Jungblut so alleine hier draußen ? Bist wohl eines dieser erbarmungswürdigen Würmer die als Waisenkinder aufwachsen und täglich zur Arbeit muß ? Scheußlich diese Welt ... allesamt sind sie arm ... müssen sich durch ein Leben kämpfen, das ihnen bereits bei der Geburt sinnlos erschien. Du allerdings wirst eines Tages einer Menge an Glück begegnen in deinem noch langen Leben ..."
Sie senkt ihren Kopf und der prächtige Rabe macht ein paar gewaltige Flügelschläge, hebt von ihrer Schulter ab und fliegt in den Himmel hinein. Bald schon erreicht er die Spitzen der astlosen hohen Tannen. Verschämt lächelnd richtet die alte Frau ihr Haar zurecht, das vom Flügelschlag ihres Raben zerzaust ist.
„Ist ein guter Kerl, hin und wieder vielleicht ein wenig ungestüm." Erst blickt sie zum Himmel, der blau zwischen den Tannenwipfeln hindurch scheint, dann den Jungen an, bevor sie fortfährt „ ... und unge-

horsam ist sie im übrigen."
„Ungehorsam ?" wundert sich Jack, schaut fragend in die suchenden Augen der alten Frau. Viel spitzbübisches strahlt ihm entgegen.
„Ihr habt ihm doch gar nichts befohlen ?"
Leicht wie der Strauch der Hasel seine Blätter im Abendwind, wiegt sie ihren Kopf.
„Neeiiinn, *gesagt* habe ich Gunvor nichts ..." erwidert sie gedehnt, einem verschmitztem Lächeln und zum Himmel erhobenen Zeigefinger. „ ... *gesagt* nicht. Der Herr über Tier und Mensch sei mein Zeuge."
Jack sieht sie nur an. Seine Blicke kreisen zwischen der armselig wirkenden Gestalt und dem hoch oben elegante Figuren ziehenden Raben, seine Gedanken um jene Worte, welche die Frau soeben sprach.
„Woher wollt Ihr wissen, dass ich einmal Glück im Leben haben werde. Habt Ihr das vorhin aus meinen Händen gelesen .... seid Ihr so eine .....?" Jack sucht nach dem passenden Wort, doch die alte Frau glaubt, ihm zuvor zukommen.
„Hagazussa ... eine bei jedem vierten vollen Mond an den Hügeln des mächtigen Derryveagh* tanzende verluderte alte Hexe ? Wolltest du das sagen ? Siehst du in mir eines dieser Wesen, das man vor der Menschheit Èrinns* schützen sollte ... und

deshalb der Vorsicht halber in den lodernden Scheiterhaufen wirft ? "

„Nein ! " erwidert Jack schnell, „Ich dachte nur ... Ihr seid eine Handleserin."

Krächzend lacht die alte Frau und es klingt beinahe schon so, wie der Schrei, den er vorhin vernommen hatte.

Das muß sie sein, die ich mit meinem Stein getroffen habe.

Jack sucht unauffällig, ob sie eine Verletzung davongetragen haben könnte.

Entdecken kann er auf den ersten Blick hingegen nichts, was ihn wiederum sehr erleichtert.

DERRYVEAGH* = Dreu-weei

ÈRINN oder ÈIRE (= ausgesprochen Äi'ra) = IRLAND in Gälisch

„Weißt du, das Leben hat der alten Roísín Nic Llonnegan oft übel mitgespielt.
Als sie jung *war* und zudem schön, da *war* sie bestens geeignet in den Tavernen zu tanzen für die zum töten ausgebildeten Ritter und die edlen und werweißwarum – eingebildeten Lehnsherrn, die Habenichtse von Bauern und deren verlumpte Knechte und sogar für die *keuschen* Mönche *war* sie da.
Eines verregneten Tages jedoch, in einem Herbst der viele Jahre zurückliegt, da wurde sie von einer Kutsche überfahren. Ihr bis dahin makelloser Rücken, der vieler Hände Schweiß zu spüren bekam, fortan krumm und älter ist sie zudem geworden.
Häßlich vor allem.
Also wählte *man* den leichten Weg und hat die *alte* Roísín aus den Dörfern gejagt.
Sie schlug sich fortan mit ihrem selbst angeeigneten Wissen über die Aufzucht, den rechten Augenblick der Ernte und der einige Pence einbringenden Verwertung der Pflanzen und Kräuter durch, braute hin und wieder einen starken Trunk gegen jene Volksseuchen, welche die Männer des öfteren hegen und pflegen ... gegen die Wehwehchen der durchaus bedauernswerten Frauen, die ihr Los allmonatlich zu tragen haben und selbstverständlich Salben zur Erhaltung der Schönheit des weiblichen

Antlitzes am Hofe unseres Königs und gegen die Jahre und einige andere unbedeutende Krankheiten.
Allein gegen die Dummheit ... " macht die Kräuterfrau eine Pause, blickt nachdenklich in die aufmerksamen Augen des Jungen, " ... ist leider keinerlei Kraut auf unseres HERRN großem Pflanzenacker gewachsen. Vielerorts waren die Leute bald wieder gesund und so manche Falte verschwand für immer aus den Augen der wunderschönen Ladys. Dafür klimperten in der Hand der alten Roísín oftmals ein paar Nickel. Manchmal setzte es allerdings auch Tritte und Hiebe, wenn so mancher eifersüchtige Junker seine aufgeblühte Maid nicht mehr zu halten vermochte. Die Roísín läßt sich durch nichts unterkriegen und schlägt sich tapfer durch ihr gewähltes Leben, wie du siehst."
„Dann .... dann seid *Ihr* diese Roísín Nic Llonnegan?" Versucht Jack vorsichtig in Erfahrung zu bringen, obwohl er es längst ahnt. Die alte Frau lacht wieder krächzend.
„Klar doch, Junge .... und die alte Roísín trägt so manches in ihrem Kopf, das anderen Furcht und Angst einflößt .... und sie besitzt reichlich Erfahrung ... *deshalb* prophezeite sie dir, dass aus dir mal was wird."
Sie wiegt wieder ihren Kopf, mustert Jack nachdenklich.

„Im Übrigen ist es unfair von mir, zu sagen *eines Tages wird was aus dir* .... du bist bereits heute eine Persönlichkeit .... wohlhabend hingegen wirst du erst in ein paar Jahren sein."
Jack schluckt verlegen, mustert die kleine alte Frau mit großen Augen.

„Ich ? Ich .... Jack O`Malley soll reich werden. Glaubt Ihr das wirklich, oder wollt Ihr einen Krüppel wie mich nur trösten ? "
Sie lacht und wehrt mit beiden Händen seine Worte ab.
„Halt ein, Jack O`Malley .... ich sagte nicht *reich* ... ich sagte wohlhabend."
Dann hört sie auf zu lachen und blickt dem Jungen lange in die Augen.
„Welchen Gebrechens wegen solltest du getröstet werden ? "
Jack senkt seinen Kopf, sagt kein Wort.
Roísín Llonnegan mustert den Jungen wiederum ausgiebig, von unten nach oben und umgekehrt. Erkennt in diesem Augenblick, warum des Jungen Begleiter eine Astgabel ist. Bedächtig nickt die Kräuterfrau, geht vor Jack in die Knie. Behutsam legt sie Jacks rechtes Bein über ihren Schenkel und schiebt sein Hosenbein nach oben.
Ohne es zu berühren, fährt ihre Hand über

Beinstumpen und jenes bearbeitete Stück Holz, das sein Fuß ist. Ihre Augen hält sie geschlossen und der Junge frägt sich, was das wohl werden solle.

Will sie ihn verzaubern ? Ist sie also doch eine Hexe ?

Grad so, als errate Roísín Llonnegan seine Gedanken, hebt sich ihr Kopf und sie blickt Jack an. Macht eine verneinende Kopfbewegung.

„Das ist nicht das rechte Stück Holz, das man dir da angelegt hat. Es ist damit wie beim Gewitter." erklärt sie geheimnisvoll und Jack überlegt, was diese Frau damit wohl meinen mag. Ehe er zu einer Antwort kommt, fährt Roísín Llonnegan mit verschwörerischem Unterton in ihrer Stimme fort. *„Eichen sollst du weichen ... jedoch Buchen mußt du suchen*. Man muß eine Buche nehmen. Frisch geschlagen soll sie sein. Beim vollen Monde in der dritten Stunde des neuen Tages. Dann mache man sie an dein Bein. Zuvor jedoch ...."

Sie läßt das Bein des Jungen sachte auf die von braunen Tannennadeln übersäte Erde auf der Lichtung gleiten, erhebt sich mühsam, kramt unter ihrer Fetzenkleidung.

Jack krempelt derweil sein rechtes Hosenbein zurecht. Roísín Llonnegan hält ihm lächelnd ein kleines Säckchen aus

Leinen entgegen, nicht größer als ein Spatz auf dem Dorfplatz von Ghloggabridge nDurunum.
„Hier .... damit muß dein Fußstummel und das nasse Holz eingestrichen sein, und beides muß zur gleichen Zeit geschehen, hernach soll man oben und unten behutsam einige Minuten zusammendrücken. Aber es muß beim Licht des halben Mondes geschehen. Das ist der richtige Zeitpunkt für meine Medizin. Man sollte es recht bald machen. "
„Noch nie hat mich mein Beinstummel geschmerzt, nur mit einemmal tut er weh und es wird von Stunde zu Stunde schlimmer. "
Die alte Roísín Llonnegan sagt erst nichts, blickt schweigend zum Himmel, dann nickt sie ebenfalls wortlos. Ihr Rabe gleitet elegant aus den Höhen der Tannenwipfel, landet punktgenau auf der linken Schulter der alten Frau. Durchdringend fixiert er Jack, der sogleich eine Gänsehaut am ganzen Körper bekommt. Wiederum, verspürt er in sich diese ihn seltsam erscheinende Wärme aufsteigen.
„Das ist gut so. " Jack ahnt nicht, was Roísín Llonnegan damit meint.
Will Roísín mir begreiflich machen, es wäre gut, wie der Rabe gelandet ist, oder versteht nun, warum mein Bein schmerzt ?
Spricht sie von meinen unregelmäßig auftauchenden Wärmeschüben ?

Der Junge beobachtet die alte Roísín Llonnegan, sieht ihr zu, wie sie ihre Fetzenkleidung zurechtrückt, verhalten schmunzelt, als sie mit der Hand ihre wilde Frisur glattstreicht.
„Au ... auu ... und grad nochmals auuuh." Jammert sie mit einemmal.
Jack wundert sich über den unerwarteten Gefühlsausbruch der alten Frau und diese bemerkt ihrerseits dessen verdutzten Blick.
„Es tut weh, Junge, sag mir, was soll man dagegen tun ? "
„Sind es die Krallen des Raben auf Eurer Schulter, die ihr spürt, Roísín Nic Llonnegan?"
Krächzend lacht die Kräuterfrau und der Rabe versucht bei jeder ihrer schnellen Bewegungen die sie macht, mit Flügelschlägen sein Gleichgewicht zu halten.
„Gunvor und ich, das laß dir gesagt sein, sind eine verschworene Gemeinschaft. Sie weiß bestens, wo sie wie tief ihre scharfen Krallen in meine zarte Schultern graben darf. Das spüre ich längst nicht mehr. Nein, Junge. Es ist etwas anderes, das mir widerfuhr .... das mich unversehens traf, als ich mich geradewegs bückte um Pilze für eine köstliche Suppe einzusammeln ."
Jack schluckt verlegen. Seine Augen werden größer und in seiner Brust verspürt er ein

seltsam heißes kribbeln.
„Wo .... wo wurdet ihr von dem Stei ... von dem unbekannten getroffen ?“
Roísín Llonnegan nähert sich ihm, gemächlich und gebeugten Schritten wie bisher.
Der Junge spürt ihren angenehm nach scharfen Kräutern riechenden Atem in seinem Gesicht und glaubt sogar, den Herzschlag des Raben hören zu können, so nahe ist sie ihm. Ihre Augen verschwinden hinter Lidern, die zu schmalen Schlitzen werden.
„Du kannst mir doch nicht etwa zufälligerweise genaueres darüber berichten, von jenem Mißgeschick, das mir widerfuhr ... das mich da am ... mich an meinem ... edlen Teil traf ?“
Jack versucht sein Möglichstes, sich keinesfalls zu verraten.
„Wo ... wo befindet der sich, Euer edler Teil, Roísín Nic Llonnegan?“
Wiederum hallen krächzende Laute durch den dunklen unheimlichen Wald.
„So gesehen sind alle meine Teile von edler Geburt. Nur ... es muß etwas übermächtiges gewesen sein ... das hat mich am ... naja ... halt dort ....“ ihre Stimme wird immer leiser, dann mit einem energischen Gefühlsausbruch fährt sie fort, „... ich sagte bereits, ich bückte mich gerade als ... eben dort wo man sich draufsetzt ... da wurde ich

getroffen."
Jack hält sich seine Hand vor den Mund, versucht krampfhaft, einen Lachanfall zu unterdrücken. Die alte Frau läßt ihn keinen Augenblick aus ihrem lauernden Blick.
Dann kann er sich nicht mehr zurückhalten und lacht los.
„Aaaaaahhhhh, du findest es wohl besonders amüsant, wenn das Hinterteil einer alten Kräuterfrau in arge Mitleidenschaft wird, jaaaa ?"
„Nein verzeiht, ehrwürdige Nic Llonnegan ... nicht das ... ich stelle mir nur grad vor .... Ihr beim sammeln ... nach vorne gebückt ... und dann ... mirnichtsdirnichts wirft euch so ein kleines Steinchen um ... aaaaaaahahahahaha."
Mit schnellen und wilden Bewegungen dreht sich Roísín Llonnegan ein paar Mal um sich im Kreis. Ihr Rabe fliegt nach einigen vergeblichen Festhalteversuchen hoch und landet schlußendlich, lautstark protestierend und wild mit den Flügeln schlagend, auf dem Waldboden, wo er schimpfend herum hüpft.
„Du amüsierst dich also doch ... aaaahhh ... jetzt hab ich dich ... jetzt hab ich dich ... ! Kann es möglich sein, dass *du* mir das zugefügt hast ... du wolltest die alte Roísín Llonnegan vorzeitig nach Walhalla befördern ... jaaaaaa ?"

Jack wehrt energisch mit seinen Händen ab, versucht den unkontrolliert umher wirbelnden Stock der Kräuterfrau mit seinem eigenen abzufangen. Bald lassen Kraft und Konzentration des Jungen nach. Er läßt sich einfach zu Boden fallen, schreit um Hilfe, weil die alte Frau nicht mehr aufhören will. Er flennt und schreit um Einhalt.
Mit beiden Händen hält er sich seine Gehhilfe schützend über den Kopf, erkennt mit Entsetzen, wie sein Gegenüber zum wohl letzten Angriff gegen ihn ausholt.
Jack schließt seine Augen, wartet auf den Schlag, der ihm jeden Augenblick arge Schmerzen zufügen wird. Lautstark surrend saust der lange Stock Roísín Llonnegans auf ihn zu. Wildes Geflattere und einen Luftzug verspürt er in Gesicht und Ohren. Der Körper des kleinen Jungen zittert gleich dem Laub der Espe. Er vernimmt ein knackendes Geräusch neben sich und einen durchdringenden gellenden Schrei.
Vorsichtig öffnet Jack seine Augen. Das erste das er wahrnimmt, ist – erst einmal ... nichts. Dunkelheit breitet sich vor seinen Augen aus. Eine schwere Last drückt auf seinen Bauch und seine Brust schmerzt.
Bin ich tot ? Überlegt sich der Junge. *Ich atme aber noch. Also lebe ich auch. Der Schlag ging Gottseiesgedankt an mir vorbei.*

Ist das alles ein Traum ?

Ist das so, bevor man seinem Herrn gegenübertritt ?
Was riecht hier nur so seltsam nach altem und vergammeltem Heu, nach Tannen ?
Der Druck auf seiner Brust läßt nach und wiederum fegt ein Luftzug an seinem Gesicht vorüber. Der Rabe fliegt von Jacks Brust hoch, hüpft neben Roísín Llonnegan auf und ab, fixiert sie.
Die Kräuterfrau steht in seltsamer Haltung knapp neben Jack, den Stock mit beiden Händen fest umklammert, dessen Ende sich dicht neben Jacks Ohr tief in den weichen Waldboden bohrte. Ihr Blick ist hasserfüllt und auf ihren Raben gerichtet.
Sie spricht eine Weile über kein Wort, atmet recht schwer. Gunvor hüpft hoch, segelt um die alte Frau herum und sitzt anschließend auf ihrer linken Schulter.
„Eigentlich bist du eine seelenlose Verräterin, Gunvor. Solch eine hinterhältige Reaktion hätte ich niemals von dir erwartet."
Der Rabe schnarrt Roísín Llonnegan lautstark in ihre Ohren, während sie Jack beobachtet, ändert ihre kämpferische Haltung, steht bald schon gerade, klemmt mühsam den Stock als stützende Hilfe unter ihren Arm.

„Andrerseits wäre der Junge jetzt tot, wenn du dich nicht schützend davor gestellt hättest, mein süßes Mädchen. Darum nenn ich dich nicht mehr Verräterin meine kleine Gunvor."
Roísín Llonnegan droht Jack mit ihrem Zeigefinger, der sich, ebenfalls schwer atmend, vorsichtig aufsetzt. Die Kräuterfrau macht einen Schritt auf den Jungen zu, der sich sogleich beide Arme schützend über den Kopf hält, zu seiner großen Erleichterung erkennt, die alte Kräuterfrau reicht ihm ihre Hand.
Jack greift danach und sie zieht ihn ruckartig hoch.
„Mußt was besonderes darstellen in diesem Leben, Jack O`Malley, wenn mein Rabe sich für dich opfern würde."
Dieser wischt Tränen aus seinem Gesicht, räuspert sich, blickt den Raben dankbar an.
Seine Stimme klingt belegt, heiser die ersten Worte, als er zu sprechen beginnt.
„Danke Gunvor. Euch, Roísín Nic Llonnegan bitte ich, mir zu glauben, ich wollte euch nichts Böses ... ich will niemandem jemals in meinem Leben böses antun. Es war nur wegen Máire Ní Dougherdy* ... weil dieser lasterhafte Brian Mac Hollistaera Máire tagaus tagein was antun will ... und ihr Sohn ist krank und ... sie will heute nach

Ghloggabridge nDurunum und kann nicht ... wo sie doch niemanden weiß, der zu ihrem Sohn sieht und ... Brian Mac Hollistaera belästigt sie andauernd ... er wird den großmütigen Aufpasser mimen, sollte ich nicht rechtzeitig erscheinen und hernach wird dieser gewissenlose die Máire Ní Dougherердy für seine unmoralischen Absichten ausnutzen und solange erpressen, bis er seinen Willen bei der jungen Dougherердy durchsetzen konnte ...."

Anglisiert = Máire Ní Dougherердy > Mary Frau Dougherty, Ínion Mhic bedeutet Fräulein

Roísín Nic Llonnegan sieht den schlotternden Jungen nachdenklich an.
„Jack O`Malley ?... Jack O`Malley ?... Jack O`Malley ! ...." sie sieht Jack noch immer fragend an : „Doch nicht etwa deeer Jack, der allen hilft ? Natürlich .....was sind wir doch begriffsstutzig, nicht wahr Gunvor ? Nein ... ich bin es, nicht du, mein kleiner unschuldiger Engel ! Stell dir nur einmal vor, welche Ehre uns zuteil kommt das ist ... Jack O`Malley !!!"
Der Junge ist perplex und genauso schaut er die Kräuterfrau an.
„Ihr ... Ihr kennt mich Roísín Nic Llonnegan? Woher wißt ihr...?"
Die alte Frau winkt mit krächzendem Lachen ab, deutet mit ihrer Gehilfe nach oben.
„Es gibt sooo vieles, das man weiß ... oder auch so nebenbei erfährt."
Sie kommt näher, tippt dem noch sichtlich aufgewühlten Jungen mit ihrem Zeigefinger auf die Brust, „Gewisse Dinge sprechen sich selbst in meiner klein gewordenen Welt herum, mein Junge. Scheinst ein großer Held mit bemerkenswerten und die Leute beeindruckenden Fähigkeiten zu sein auf diesem besonders grünen Flecken auf Gottes weiter Erde."
Jack schüttelt seinen Kopf. Lächelt verlegen.
„Ich bin keineswegs bemerkenswerter als an-

dere Menschen auch, nur weil ich hie und da behilflich und keine Last für meine Zieheltern sein möchte ...." entgegnet der verlegen wirkende Junge erst bescheiden und von einer Sekunde zur anderen steigt Zornesröte in sein Gesicht, seine Stimme fest und laut, „... ich hab mich aufgeregt, weil ich diesem Scheusal mit meinem kaputten Fuß nicht entkommen kann, denn sowie ich heute zu dem Kleinen von Máire Ní Doughererdy sehe, zerstöre ich Herrn Mac Hollistaera eine weitere Chance, die er sich bei Ínion Mhic Máire erhoffte und er wird mich dafür übers Knie legen und mir gewaltig die Hosen stramm ziehen, da bin ich mir sehr sicher."
„ Dieses ungehobelten Schnösels wegen bewirfst du mich alte Kräuterfrau sinnlos mit Steinen, anstelle sie diesem Scheusal Mac Hollistaera an den Kopf zu knallen, Jack O`Malley ?"
„.... Ich hab mich sehr aufgeregt, treffen wollte ich Euch bestimmt nicht, Roísín Nic Llonnegan .... konnte nicht ahnen, dass ich überhaupt so weit schießen kann."
Mit verzeihendem Lächeln nimmt sie den Jungen mütterlich um die Schulter.
„Schon gut mein, Junge. Es sei dir auf alle Zeiten verziehen. Vergessen wir's ... obwohl bei bestimmten Gelegenheiten werd ich wohl noch lange an dich denken .... auch

wenn ich das nicht will.“ Roísín Llonnegan interpretiert Jacks verwunderten Blick richtig und fügt hinzu: „Jedesmal dann, wenn ich mich hinsetze, Junge, dann erinnere mich an unsere schicksalhafte Begegnung.“
Krächzend lacht sie los und vorsichtig stimmt Jack ein, doch dann lachen beide, dass es aus allen Ecken des kleinen, aber dunklen Waldes widerhallt.

Zwei Stunden sind vergangen seit Jack sich von Roísín Llonnegan, Gunvor und dem Waldstück verabschiedet hat. Zur Mittagszeit endlich erreicht er Llewghster nGhara.
Eine vergnügte Horde spielender Hunde rennt ihm hüpfend und jaulend entgegen, springt an dem Jungen hoch, leckt ihm Hände und Gesicht ab, wendet sich bald schon ihrer alten Tätigkeit zu.
Jack müht sich dem Dorfbrunnen zu, und labt sich dort sogleich mit ein paar kräftigen Schlucken frischen Wassers. Es stört ihn dabei wenig, dass grad eine junge Frau einen Haufen Wäsche im großen steinernen Brunnen hin und herwälzt.
Mißtrauisch mustert sie den Jungen, schlägt die Wäsche mit einem Stück breiten Holzes, das einem verkürzten Paddel gleicht, sieht ihn an, blickt zur Seite und sieht ihn wieder an. Ihre bisher finsteren Züge hellen sich

plötzlich auf, als sie Jack erkennt.
„Ist wohl mein Glückstag heute. Ein jedem Menschen, dem du über den Weg läufst, dem bringst du Glück. Hat sich längst herumgesprochen, Jack. Scheint dir gutzugehen. Hab aber leider nichts zu tun für dich."
„Es ist auch für mich eine Freude, dass Ihr wohlauf seid." Erwidert Jack verdutzt und zugleich sichtlich gerührt. Die junge Frau hält ein mit ihrem Tun, reibt ihre Hände an der Schürze trocken, um anschließend in ihrer Rocktasche herum zu kramen.
„Auf mich wartet ohnehin Máire Ní Dougherердy. Ich werde zu ihrem Sohn sehen."
Während die Frau dem Jungen einen Nickel reicht und dieser abwehrende Gesten macht, wird aus ihrem bisher lächelnden Gesicht eine traurig drein blickende Mine. Dieser plötzliche Sinneswandel ist Jack im Augenblick unverständlich. Einige Minuten später sollte er ihn jedoch verstehen.
„Besten Dank, Inion Ui, ich nehme meist nur etwas an, wenn ich auch was dafür leisten durfte."
„Du bist stets bescheiden, Jack. Jederzeit bereit, anderen Menschen deine Zeit zu schenken, nur um Sie zu unterstützen. Das macht dich so besonders und gleichermaßen liebenswürdig. Will allerdings dir mal jemand

Gutes, wirst du verlegen.
Was glaubst du eigentlich, denken all die Leute, wenn du dich anbietest. Hast du dir jemals überlegt, ob sie sich nicht ebenfalls überrumpelt fühlen, sich eventuell schämen, die Hilfe eines kleinen Jungen in Anspruch zu nehmen, der plötzlich und unangemeldet und vor allem stets zur genau rechten Zeit vor ihrer Türe steht?
Jack, ich will ihn dir schenken, ohne irgendeine Gegenleistung zu erwarten. Du schenkst uns allen oft genug deine wertvolle Zeit."

Widerwillig und den Sinn ihrer Worte nicht verstehend, nimmt der Junge das kleine Geldstück an sich, bemerkt dabei die Veränderung im Gesicht seines Gegenübers.
„Was ich dir noch sagen wollte ...." Fährt sie fort, „.... Máire, ist bereits zeitig in der Früh mit dem Schmied nach Ghloggabridge nDurunum aufgebrochen. Sie erledigt dort wichtige Dinge und Hochwürden Pól deChaillaigh sieht ihr zum Kind."
Sehr erstaunt ist Jacks Blick, mit welchem er die junge Frau fixiert, will es und kann es nicht glauben.
Was ist mit meinen Sinnen los ?
Wie gibt es so etwas ?
Stets konnte er sich auf seine Eingebungen

verlassen, niemals zuvor hatte er sich geirrt.

Will die Frau mich testen oder gar hochnehmen ?

Jack versucht, sich nichts anmerken zu lassen, bedankt sich nochmals für den Nickel und entfernt sich humpelnd in die Richtung, in der er das Haus von Máire Ní Dougherdy weiß. Aus der Bäckerei neben dem Dorfbrunnen weht ihm schon von weitem der Duft der warmen Brote in die Nase und er besinnt sich, heute noch gar nicht gefrühstückt zu haben.

Doch ... nein, das hat Zeit.

Erst muß er zum Haus von Máire Dougherdy.
Gleich neben der Bäckerei führt der vor Jahrzehnten aus England eingewanderte Andrew Foster seine Schusterwerkstätte. Jack besucht Andrew des öfteren, der ihm seit vielen Jahren ein guter Freund ist. Heute jedoch schleicht er sich vorbei.
Er muß erst zum Haus von .....
Grad als er an der Werkstätte vorbei geht, vernimmt er ein Geräusch , das ihn an das zischeln einer Natter erinnert. Er dreht sich um, blickt geradewegs in die Augen von

Andrew Foster.
„Psss, pss." Macht dieser, in der halb geöffneten Türe stehend, winkt Jack zu sich.
„Hallo, Jack. Was ist los mit dir, kommst du nicht mehr zu mir ?"
Der Junge fühlt sich ertappt, tritt mit hängenden Schultern und gesenktem Kopf in Andrews Werkstätte ein. Gerüche von gegerbtem Leder und frischem Holz, die er so liebt, dringen sogleich in seine Nase wie auch der süßliche Duft des Leimes, der den von Andrew geschusterten Schuhen einen besonders guten Halt geben soll, sowie als

Anglisiert und ausgesprochen = Pól deChaillaigh > Paul `Kelly

Abrundung das Fett des Hirsches dem Schuhwerk den nötigen Schutz gegen die Unbill der Nässe und Kälte verspricht.
All das nimmt Jack heute nicht so richtig wahr. Andrew Foster legt seine beiden Hände auf die Schultern des Jungen, sieht ihn an, versucht zu erfühlen, was mit seinem Freund nicht stimmt, derweil Jack nach wie vor seinen Kopf hängen läßt.
Der Schuster läßt von Jack ab, vollführt eine schnelle Kehrtwendung und bewegt sich auf einen der unzähligen kleinen Schränke an der Wand zu. Während er geht, erhebt er seinen linken Arm und streckt dabei den Zeigefinger aus.
„Ich hab's dir fehlt wieder einmal etwas Gutes."
Aus dem obersten Schrank nimmt Andrew Foster eine jener Schachteln, in welchen er seine gefertigten Schuhe ausliefert. Der Schuster nestelt ein kleines Stück dunkler Schokolade daraus hervor, das er lächelnd Jack überreicht.
Doch der lehnt dankend ab. Senkt abermals seinen Kopf, was Andrew Foster nur noch mehr verwundert. Der stets fröhliche Jack und bislang nur als lebenslustig bekannte Junge ist heute gar nicht fröhlich. Der Schuster legt seinen Zeigefinger unter das Kinn seines Freundes und drückt sachte des-

sen Kopf nach oben. Jack weicht dem Blick des Schusters aus.
„Was ist dir nur Schlimmes über die Leber gelaufen, Jack, sprich ? Zehrt irgendein Problem an deiner Laune. Sags doch einfach. Laß uns darüber reden, so wie bisher."
Wieder fällt Jacks Kopf nach vorne. Er setzt sich auf den Ladentisch des Schusters und faltet seine Hände auf den Knien.
„... Es ist wegen Máire Ní Doughererdy ... und überhaupt stimmt etwas nicht mehr ... sie brauchte doch Hilfe ... meine Hilfe ... jetzt hat sie den Pfarrer ... vielleicht ...."
„Ja ?" Bohrt der Schuster weiter, als Jack eine nach Andrew Fosters Ansicht, zu lange Gedankenpause macht. Jack hebt seinen Kopf und blickt seinen Freund aus traurigen Augen an. Verzweifelt, hilfesuchend .... bittend.
„Vielleicht ... kann es sein ... dass man nicht mehr klar zu denken vermag, sowie man irgendwo am Körper Schmerzen verspürt ?"
„Mit Sicherheit, Jack ! Jede Art von Schmerzen hält einem vom klaren Denken ab ...." Daß Jack von sich selbst spricht, wird Andrew bald schon bewußt.
„Du hast Schmerzen, Jack ? Warum sagst du das nicht gleich ? Es ist dein Fuß, richtig ?" forscht der Schuster besorgt weiter. Jack zuckt unmerklich zusammen, sieht Andrew

Foster erstaunt an.
„Woher ... ja .. es könnte sein ....“ Stottert der Junge.
Der Schuster rückt sich einen Stuhl neben Jack zurecht, der nach wie vor auf der Ladentheke weilt. Als Andrew sitzt, nimmt er das rechte Bein des Jungen und legt es behutsam auf seinen Schenkel. Vorsichtig schiebt er das Hosenbein hoch und erbleicht augenblicklich.
„Gottgütiger, du blutest ja, mein Junge. Mußt ja arge Schmerzen haben.“
Andrew untersucht den von ihm gefertigten Holzfuß penibel, fährt über die Stelle, an der Beinstumpf und Holz aneinanderstoßen.
„Klar doch ... dein Bein ist wieder gewachsen und meine Schnitzarbeit konnte verständlicherweise nicht mithalten ... haben wir nicht erst im vergangenen Winter an diesem Fuß für dich gearbeitet ?“
Jack nickt stumm.
„Mit dem neuen Holz scheint auch etwas nicht zu stimmen. Es ist trocken geworden und springt auf. Es ist, denke ich, an der Zeit, einen neuen Fuß für dich vorzubereiten.“
„Ja ... einen aus dem Holz der Buche ....“ Sagt Jack schnell und der Schuster blickt den Jungen erstaunt an. Anschließend erfährt Andrew Jacks Begebenheit im Wald.
Das Gesicht des Schusters verfärbt sich in

das rot einer reifen Tomate, er beißt seine Kiefer zusammen. Jack beobachtet die Reaktion seines Freundes auf die von ihm erzählte Geschichte, schimpft in sich hinein, dass er sich hat hinreißen lassen, Andrew davon zu erzählen. Wahrscheinlich ist Andrew darüber aufgebracht, weil sich jemand anders da einmischt, wo der Schuster bisher stets alleine tätig war : nämlich mit der Behandlung des Jungen.
Andrews Blicke wirken tatsächlich aufs äußerste gereizt, treffen Jack und die nächsten Worte bestätigen ihm seine Vermutung als richtig.
„Was weiß diese Hexe schon ... verzeih mir Herr, aber siehe, ich pfusche Dir doch auch nicht ins Handwerk ....“ Zischelt Andrew, dreht dem perplexen Jungen den Rücken zu. Flucht ungehalten weiter, leiser und die wenigen Worte, die Jack hört, sind für den Jungen unverständlich. Sein Freund, der Schuster scheint ebenfalls in diesem Gaelge* mächtig zu sein, genau wie sein Großvater ... und die liebenswürdige Roísín Llonnegan !
Mit noch immer gerötetem Gesicht dreht sich der Schuster Jack zu.
Andrew Foster atmet schwer. Jack bekommt es mit der Angst zu tun. Der jüngste ist sein Freund längst nicht mehr. Der Schuster wischt mit einem Tuch seine vom Zornesaus-

bruch schweißnasse Stirn ab, begibt sich an einen seiner unzähligen Kästen und kramt, lautstark, in einer Schublade herum. Als er gefunden hat, wonach er suchte, geht er auf Jack zu und hält ihm einen wunderschön geschnitzten Fuß entgegen. Überrascht schaut der verwirrte Junge den Schuster an. Beinahe schon zärtlich gleiten Jacks Finger über den neuen Fuß. Die fein säuberlich ausgearbeiteten Zehen, sogar jeder einzelne Zehennagel sind deutlich zu erkennen.

*Gaelge = Gälisch

„Das ist der schönste Fuß, den Ihr mir jemals geschnitzt habt, Andrew. Ich freue mich riesig. Bevor wir ihn jedoch auf den Stumpf aufsetzen, müssen wir ....“ Jack wühlt in der Brusttasche seiner Latzjeans herum. Der Schuster sieht ihm wortlos zu.
Mit einem Mal erhellen sich die Züge des Jungen. Er hält Andrew Foster das kleine Säckchen, das ihm die alte Roísín Llonnegan überreichte, vor dessen Augen, läßt es pendeln.
Der Schuster nimmt es an sich, öffnet es und schnuppert daran, verzieht sogleich angewidert sein Gesicht.
„Pfuiiideibelaberauch. Waaaas ist daaaas denn ?“ Er würgt und hält beide Hände an Nase und Mund um nicht speien zu müssen.
Jack kichert, amüsiert sich über Andrew.
„ ... Trotz des Gestankes, müssen wir diese Salbe zwischen mein Bein und dein wundervoll gearbeitetes Holz streichen. Hat Roísín Nic Llonnegan ausdrücklich gesagt.“
Jack beobachtet das Minenspiel im Gesicht des Schusters genau und bemerkt, wie dessen Kiefer erneut zu mahlen beginnen. Nur zögernd scheint er sich zu entspannen und macht sich an die Arbeit. Entfernt vorsichtig den alten Holzfuß von Jacks Bein. Der Junge beißt seine Zähne zusammen, und, als Andrew mit dieser übelriechenden *Salbe* der

Kräuterfrau seinen Stumpen bestreicht, wird ihm schwarz vor Augen.

Eine schier endlos lange Woche über war es Jack unmöglich, Nachts zu schlafen, da der neue Holzfuß so sehr auf den Beinstumpf drückte. So mußte er gezwungenermaßen sein Bett hüten. Panische Angst überkommt ihn jedes Mal dann, wenn er beobachtet, wie sich das einstmals helle Holz sich zusehends dunkel verfärbt. Wesentlich mehr erfreut es ihn zu spüren, wie der Schmerz seines rechten Beines mit jedem neuen Tag nachläßt.

Wieder einmal humpelt Jack, wie so oft in all den vergangenen Jahren den langen Weg zu Andrew Fosters Werkstätte und dort angekommen, stellt er zu seiner großen Verwunderung fest die Werkstätte ist verschlossen und der Schuster nirgends zu entdecken. Der Junge macht kehrt und bereits im weggehen fällt ihm auf, dass da am unteren Türrand ein kleiner Zettel mit einem Hufeisennagel befestigt ist.
Behutsam zieht der Jack daran, der Nagel fällt zu Boden. Neugierig entfaltet er das Papier und seine Augen fliegen flink über den Inhalt.

Llewghster nGhara, A.D. 1865

Séan Ò Maoil Aelaigh ... Cead míle fáilte romhat !*

Du bist mir seit Jahren als ein guter Freund und zuverlässiger Junge bekannt, der trotz seines Alters beinahe schon zuviel leistete.
Die Jahre über, in denen ich das Glück hatte, Dich kennen und auf Deinem Lebensweg begleiten zu dürfen, versuchte ich, so wie es in meiner Macht stand, Dein unsägliches Leid damit etwas zu lindern, indem ich dir in jedem Jahr einen neuen Fuß zurecht schnitzte.

Nun also ist der Tag gekommen, an dem sich der Schöpfer persönlich deiner annahm und dir in der Person einer alten Kräuterfrau erschien. Meine Arbeit ist somit getan und ziehe weiter, fort von hier.
Geh weiterhin tapfer und Ziel gerade Deinen Weg und ..... vermisse mich an keinem Tag in Deinem noch lange andauernden Leben und halte auch keinerlei Ausschau nach mir.

PS.: Dieses Blatt Papier befestigte ich bewußt am unteren Rand der Türe, da ich Dich

bestens kenne und deshalb weiß, immer dann, bist du verzweifelt, läßt du stets deinen Kopf hängen. Somit findest Du es mit Sicherheit.
Zum Abschied schenke ich dir noch ein Gedicht, das mir meine Großmutter immer dann vorlas, hatte ich zu argen Weltschmerz.

*Jack O´Malley .... Sei mir Tausend Mal willkommen (
*ausgesprochen : Kejat mile folt´rom)

Ich trug es Zeit meines Lebens an einem Band aus Leder um meinen Hals, und Jack, glaube mir, es half mir stets am besten, sowie ich daran glaubte.
Damals, als ich mich im selben Alter befand, wie Du heute.
Lies es ..... mit Deinem Herzen und behalte es ..... in Deinen Augen.

Gun robh dion air t-ionmhas – möge das, was Du schätztest, sicher sein.
Dein Dich liebender und alle Zeit an dich denkender Andrew Foster, *an Sasunah* (der Engländer)."

Den Brief in Jacks zitternden Händen, benetzen ein paar dicke Tropfen, die Jack weint.
Er liest weiter, während er mit seinem rechten Fuß den Nagel zur Seite stößt. Er drückt ihm in die Fußsohle und das schmerzt !
Jack dreht den Zettel um und liest auf der Rückseite :

… TRÄUMEN MIT DEN STERNEN.©

Du bist nun angekommen
geboren aus den Sternen
zu erleben diese Welt,
schau sie an,
mach mit ihr, was dir gefällt,
schwebe in den neuen Morgen,
lebe frei, und ohne Sorgen
atme ein, das weiche grün der Felder,
erquick dich an der Blume Duft, der Kraft der Kräuter,
rauschend dunkler Wälder

gut behütet in der Familie Schoß
bereit, zu dienen Gottes Werk

wuchs heran dein Körper vom Kind
heran zum Manne groß
liebvoll Weib an deiner Seite lebt,
gemeinsam ihr zum Ziele strebt,
zu erbauen euch ein sichres Nest,
und pflanzen einen Baum
zu behüten eine Handvoll Kinderschar
den Herrn zu loben, ihm zu dienen, Jahr für Jahr
den Menschen hilfreich stehn zur Seite
frei von Argwohn, List und Pein
sei das Denken allzeit dein
bitt um Führung und geleite
deine Schwester, deinen Bruder in dein warmes Heim
täglich lenke Gottes Hand
einen rechten Menschen ... durch dies schöne Land

die Zeit der Ruhe dir nun vor Augen liegt
dein Tagwerk scheint getan
doch halt, eins es noch zu sagen gibt
dein Weg ist lang noch nicht zu End
die Kinder deiner Kinder wachsen rasch heran
sie zu lehren deines Lebens Wissen
wie das Lachen, Lieben, Träumen
sei dein Tagwerk, heute und fortan
niemals sollst das versäumen

der Tag ist nah, du nimmst dein Weib,
zu ruhen unter alten Bäumen bist du ruhlos und willst wandern, sollst du lernen zu lauschen der Harfe klangvoll Lieder, singen mit den andern wisse, sie verstummen, kehren niemals wieder wie die Tage deiner Kinderzeit, schreiten stets voran, Schritt für Schritt kehren niemals mehr zurück schließe deine Augen mit dem Blick in weite Fernen, die Zeit ist da ... zu träumen mit den Sternen.

„ Denke stets dran, lieber Jack und lebe ein bißchen danach.
Das Licht und die endlose Liebe des Herrn begleitet Dich auf all Deinen neuen Wegen ....
und Jack ... träume auch Du hin und wieder unter den Sternen, nicht *mit ihnen*, dafür ist es noch zu früh für Dich.
Es sind fürwahr, wie bereits meine Großmutter zu schätzen wußte, die wundervollsten Augenblicke auf dieser Welt, weil immer dann, wenn Du zum Himmel schaust, und die Sterne siehst, blickst Du geradewegs in die Augen des HERRN.
UND .... AUS DER SICHT DER STERNE, LIEGT DIE WELT ZU DEINEN FÜßEN."

Jack wischt sich die Tränen aus den Augen, drückt das kleine Blatt an seine Lippen, fühlt sich nicht mehr so alleine auf der Welt, selbst wenn Andrew nicht mehr da ist. Der Nagel unter seinem Fuß jedoch ist noch immer da und seine Zehen spielen eine Art Spiel damit, versuchen ihn hochzuheben, was erst beim dritten Versuch gelingt.
Dann bückt sich der Junge um den Nagel aufzuheben und dabei sieht er beide Füße nebeneinander und Jack wird erst jetzt bewußt, welcher Fuß ihn schmerzte und als er sich das ganze genau ansieht, macht sich eine Gänsehaut am ganzen Körper breit. Die Zehen an seinem linken Fuß konnte er schon immer bewegen aber seit heute kann er es ebenfalls mit dem rechten Fuß !
Und dieser fühlt sich warm an und nicht aus Holz – nein .... er ist aus echtem Fleisch und Blut ! Jack schluckt verlegen, versteht die Welt nicht mehr, sieht zum Himmel empor, blickt in die Werkstätte des Schusters. Ungläubig klopft er mit dem Fuß an die verwitterte Holztüre der Schusterei ..... und .... es schmerzt !
Irgend jemand hat ein Wunder geschehen lassen und jetzt versteht Jack die ihn vor wenigen Minuten noch irritierenden Worte, die Andrew über die alte Roísín Nic Llonnegan in seinem Brief schrieb : der Herr habe sich sei-

ner angenommen und ist in Gestalt der Kräuterfrau ihm, Jack, erschienen.
Bedächtig bekreuzigt er sich und geht erst vorsichtig den staubigen Weg über den Dorfplatz, geht schneller und um schließlich zu rennen.
In weitem Bogen wirft er den Stock, der ihn jahrelang begleitete, von sich, bleibt kurz stehen um sich zu vergewissern, niemand getroffen zu haben. Augenzwinkernd zum Himmel rennt Jack aus dem Dorf ... rennt und rennt ... seine Beine tragen ihn ... auf *alten* Wegen ... stets voran ... immer weiter ... er rennt und rennt ... nach Hause, nach Llewghster nGhara, in die weite Welt hinaus, wieder nach Hause ...

... und kehrt doch nie mehr zurück.

Anhang

Bridgewater Honeymoon
***Philosophische* Betrachtung glücklicher Lebenskünstler**
Story ©by Daniel F. Huddersfield
Zitat von Friedrich Rückert

Prima Ballerina ?
Die Erlebnisse eines *wahren* Gentlemen
Story ©by Daniel F. HuddersfieldErschienen 2006 in der Anthologie **Querschnitte 2006 im novum Verlag**

... Träumen mit den Sternen.
catch the wind, Jack
Story und Lyrik ©by Daniel F. Huddersfield
Erschienen 2007 in der Anthologie **Querschnitte Frühjahr 2007 im novum Verlag**

Mit besonderem Dank an Friedrich Rückert

Danke lieber Leser für Deine Aufmerksamkeit.
Bis demnächst **in einem anderen Büchlein***.

Ein lieber Gruß begleite allzeit Deine Wege :

Gun robh dion air t-ionmhas –
möge das, was Du schätztest, sicher sein.

DANIEL F. HUDDERSFIELD, im Juni 2007

***Vorschau**
Dezember 2007

TUE
ES
GLEICH !©

... oder immer wieder

...DANIEL F. HUDDERSFIELD

AUGENZWINKERNDE BETRACHTUNGEN EINES *ECHTEN LEBENSREGEL - KÜNSTLERS*